KB219886

내 마음의 꽃밭

소년소설

내 마음의 꽃밭

글 김종일 | 그림 이목일

어문학사

차 례

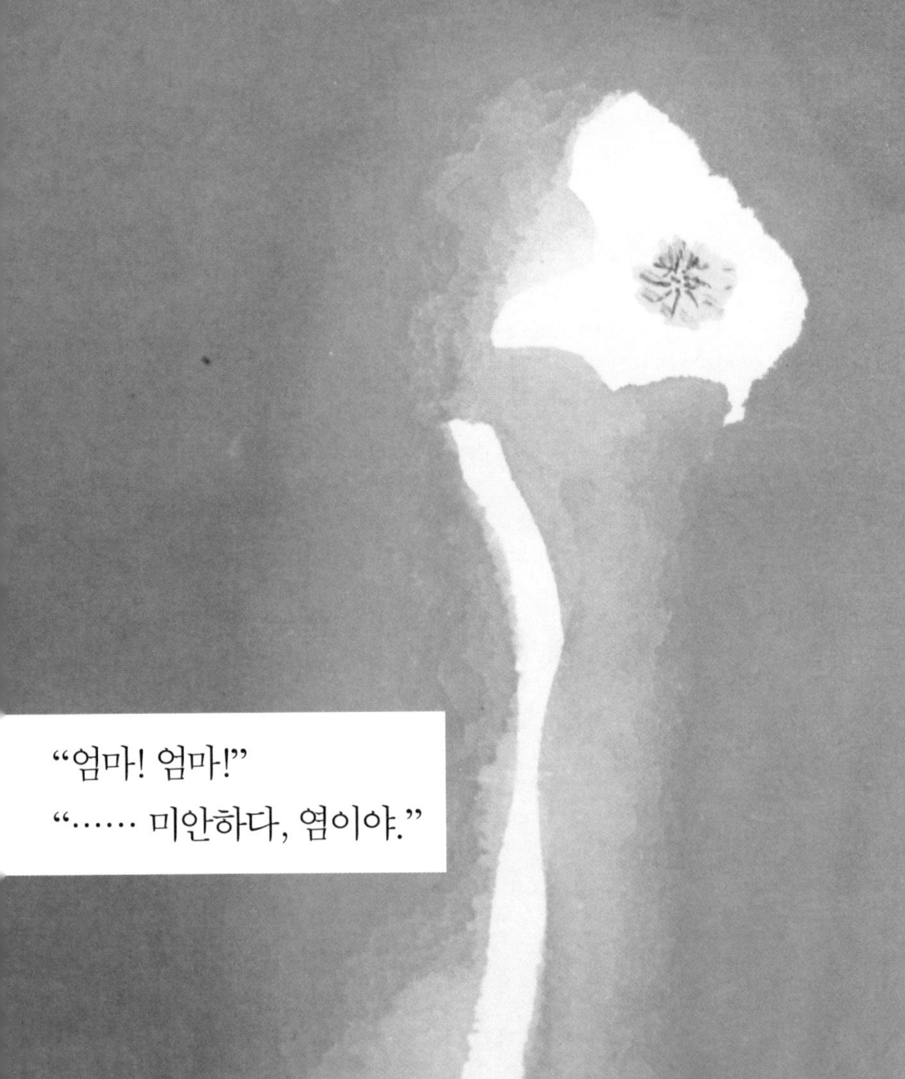

"엄마! 엄마!"

"…… 미안하다, 염이야."

"…… 엄마, 그동안 어디서 무얼 했어?"
"응, 그렇게 됐어. 염이야, 미안하다."

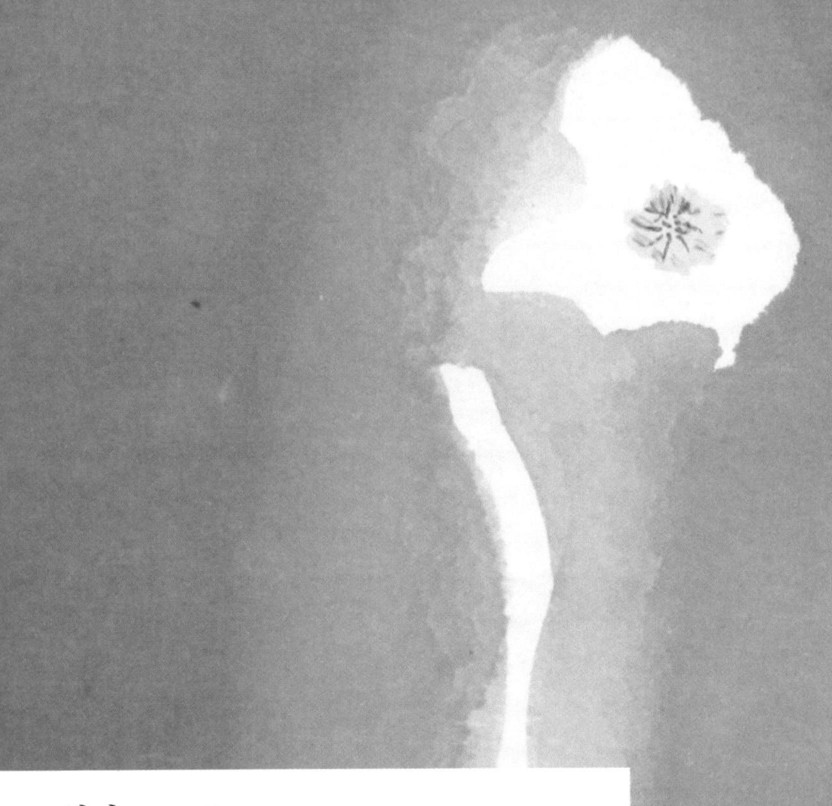

"엄마……."

"그래, 염이야."

"저 괜찮아요. 제 걱정은 하지 마세요."

꿈속에서 만난 엄마

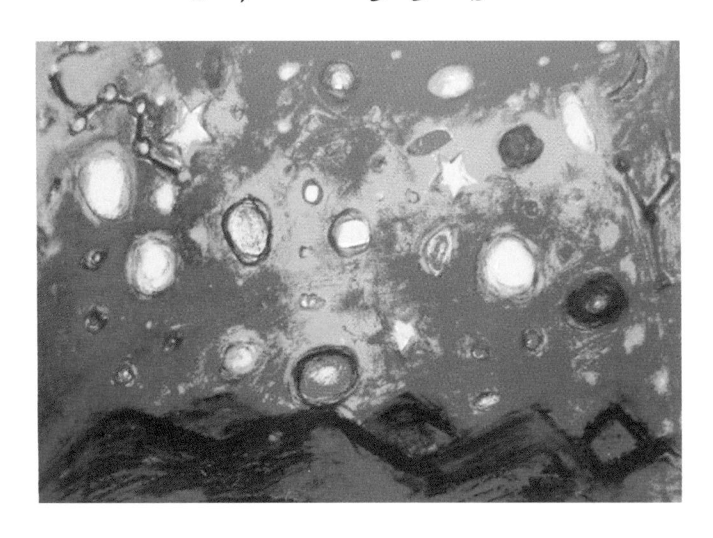

낙숫물 떨어지는 소리가 자장가처럼 들려왔다.

소년은 낙숫물 떨어지는 소리에 귀를 기울이다가 자기도 모르게 스르르 잠이 들었다. 소년은 혼곤한 잠 속에서 꿈을 꾸었다.

구름 위에 꽃밭이 끝없이 펼쳐져 있었다. 꽃밭에는 예쁜 꽃들이 무리를 지어 피어 있었다. 소년이 아는 꽃도 있었고 모르는 꽃도 있었다. 소년은 나비처럼 이 꽃 저 꽃을 찾아다니며 향기를 맡았다.

그런데 이상한 일이 벌어졌다. 소년이 향기를 맡는 꽃마다 소년에게 달고 맛있는 꿀을 주었다. 소년은 꽃이 주는 대로 꿀을 받아먹었다. 꿀은 먹어도 먹어도 물리지 않았고 배도 부르지 않았다.

그렇게 얼마나 정신없이 소년은 꽃을 찾아다니며 꿀을 먹었는지 몰랐다.

그때였다. 꽃밭 가운데서 소년의 엄마가 소년에게 다가왔다. 소년은 뜻밖에 엄마가 나타나 무척이나 기쁘고 반가웠다.

"엄마! 엄마!"

소년이 엄마를 소리쳐 불렀다.

"엄마, 어디에서 오는 거예요?"

소년이 엄마에게 달려가며 물었다. 그러나 엄마는 빙긋이 웃기만 할 뿐 아무 말도 하지 않았다.

"엄마!"

소년이 마음이 다급하여 큰소리로 엄마를 불렀다.

"엄마, 엄마, 빨리……"

소년이 달려가고, 엄마가 소년에게 다가오지만 이상하게 거리는 좁혀지지 않았다.

소년은 조바심이 났다.

"엄마! 엄마!"

소년이 애타게 엄마를 불렀다. 그렇게 얼마나 소년이 꿈속에서 엄마를 찾았는지 몰랐다.

"얘, 얘, 안에 있니? 문 좀 열어 봐."

부엌문을 두드리며 안집 아줌마가 소년을 불렀다. 소년이 꿈속을 헤매며 엄마를 부르는 소리가 밖에까지 들린 모양이었다.

"이상하네. 안에 분명히 사람이 있는 것 같은데…… 얘, 얘, 문 좀 열어!"

아줌마가 다시 한 번 문을 두드리며 소년을 불렀다. 몇 번을 불러도 안에서는 아무 기척이 없었다.

"안 되겠군. 문고리를 따고 들어가는 수밖에."

아줌마가 벌어진 문틈 사이로 손을 넣어 문고리를 벗겼다.

"얘, 아니 얘가 꿈을 꾸나? 헛소리를 하고 있네."

방문을 열어 본 아줌마가 소년을 보고 깜짝 놀랐다.

"얘, 얘, 어서 일어나. 어이구, 이 땀 흘린 것 좀 봐."

아줌마가 소년의 몸을 흔들어 깨웠다.

"아아……"

그제야 소년이 신음 소리를 내며 눈을 떴다.

"얘, 이제 정신이 좀 드니? 원 얘가 무슨 낮잠을 그렇게 요란하게 자? 너희 누난 어제도 안 들어왔나 보구나."

아줌마가 방 안을 둘러보며 말했다.

"……."

아줌마의 말에 소년은 아무 대꾸도 안 했다. 사실 소년의 누나는 이틀째 집에 들어오지 않았다.

"너 밥도 제대로 못 먹었지? 그나저나 너희 누나는 어디 가서 안 들어온다니 그래. 어린 것을 놔두고 말이야. 어이구, 세상에도 맙소사."

그러면서 아줌마는 밖으로 나가 밥 한 그릇과 김치 한 종지 그리고 시래기 된장국을 쟁반에 들고 왔다.

"어서 이거 먹어라. 너 보니까 어제부터 밥을 안 먹은 것 같던데 어린 게 얼마나 배가 고프겠냐? 에그, 쯧쯧쯧."

아줌마가 쟁반을 방바닥에 내려놓으며 혀를 찼다.

소년은 밥을 보자 눈이 휘둥그레졌다. 어제부터 내리 밥을 굶어 배가 몹시 고팠다. 소년은 허겁지겁 밥을 퍼먹기 시작했다.

"얘, 얘, 천천히 먹어라. 그러다 체할라. 아이구, 얼마나 배가 고팠으면 저렇게 정신없이 밥을 먹을까. 쯧쯧쯧."

아줌마가 그런 소년을 보고 혀를 찼다.

"아무튼 너희 누나 들어오면 내 단단히 얘기 좀 해야겠다. 어린 동생을 며칠씩 혼자 놔두지를 않나, 방세를 벌써 몇 달치나 밀리지를 않나. 그런데다 품행도 바르지 못한 것 같으니…….”

아줌마는 무슨 말을 더 하려다가 그만 입을 다물었다. 소년이 수저질을 멈추고 아줌마를 올려다보았기 때문이다. 아줌마는 뜨끔하여 소년의 눈길을 피하려고 방 천장을 올려다보며 딴전을 부렸다.

“저런, 쥐새끼들이 오줌을 누워 얼룩이 졌구나. 망할 놈의 쥐새끼들 같으니라구.”

군데군데 누르스름하게 번진 쥐 오줌 자국을 쳐다보며 아줌마가 혼잣말하듯 중얼거렸다.

“다 먹거든 빈 그릇은 밖에다 내 놓아라. 그럼 나 갈란다.”

아줌마가 소년에게 이르고 방을 나갔다. 소년은 아줌마가 나가자 좀 전에 아줌마가 누나를 두고 한 말이 머릿속에 남아 가슴이 먹먹했다. 갑자기 그 생각이 나자 밥맛도 달아났다.

초가을 건들장마처럼 비가 오락가락하였다. 잠깐 쨍하고 볕이 나다가도 어느새 검은 구름이 몰려와 비가 쏟아졌다.

소년은 배고픔도 배고픔이었지만 엄마가 보고 싶었다. 멀리 떨어져 있는 엄마에게로 하루에도 몇 번씩 가고 싶었다. 기차만 타면 갈 수 있는 곳인데 갈 수가 없었다. 차비가 없어서 못 가는 것이 아니었다. 차비가 없으면 몰래 도둑기차를 타고 가면 되었다. 소년은 몇 번 도둑기차를 타고 엄마한테 간 적이 있었다. 그러나 정작 가고 싶어도 못 가는 것은 의붓아버지 때문이었다. 의붓아버지는 술주정뱅이에다 성격이 아주 못되었다.

의붓아버지는 술만 마시면 엄마와 싸우고 소년과 소년의 누나를 구박했다. 그래서 소년은 엄마하고 같이 살지 못하고 누나와 함께 도시의 변두리에 나와 자취를 하는 것이었다.

비가 그친 것 같아 소년은 밖으로 나왔다. 멀리 북한산 줄기에 구름이 걸쳐 있었다. 하늘의 구름도 어디론가 흘러가고 있었다. 소년은 고개를 들어 흘러가는 구름을 바라보았다.

정처 없이 흘러가는 구름처럼 소년도 어디론가 흘러가고 싶었다. 한참을 소년은 구름을 바라보았다. 구름을 보고 있자니 막막한 그리움과 함께 슬픔이 밀려왔다.

"맹맹~ 맹맹~ 맹~ 꽁."

소년이 구름을 보고 감상에 젖어 있는데 어디서 맹꽁이 울음소리가 들려왔다. 소년은 귀를 쫑긋 세우고 맹꽁이 울음소리가 나는 곳으로 살금살금 발걸음을 떼었다.

"……"

그런데 어느새 낌새를 알아챘는지 갑자기 맹꽁이 울음소리가 뚝 그쳤다.

'어라, 맹꽁이 울음소리가 그쳤네.'

소년은 나리꽃이 피어 있는 언덕 쪽을 살펴보았다.

'이상하다. 분명 이 근방에서 울었는데.'

소년이 두리번두리번 맹꽁이를 찾았다. 그러나 맹꽁이는 보이지 않고 비를 맞은 능소화 꽃송이만 풀숲에 떨어져 있었다. 능소화 줄기는 전봇대를 타고 올라가 많은 꽃을 피웠다. 시들지도 않은 꽃송이가 뚝뚝 떨어져 있었다.

"야, 너 거기서 뭐해?"

소년이 맹꽁이를 찾으려고 풀숲을 두리번거리고 있는데 갑자기 소년의 등 뒤에서 안집 아이가 불쑥 튀어나왔다.

"……."

"야, 너 거기서 뭐하는 거야?"

콧구멍을 벌름거리며 안집 아이가 소년 앞으로 다가오며 물었다.

"으응, 아무것도 아니야."

소년은 직감적으로 안집 아이에게 맹꽁이를 찾는다고 하면 안 될 것 같다는 생각이 들어 짐짓 딴소리를 했다. 안집 아이는 짓궂어서 맹꽁이를 찾아내면 무슨 짓을 할지 몰랐다.

"인마, 너 뭐 나한테 숨기는 거 있냐?"

아이가 눈을 치뜨고 퉁명스럽게 소년을 다그쳤다.

"맹~"

그때였다. 눈치 없게도 맹꽁이가 가늘게 울음소리를 냈다.

"어? 이게 무슨 소리야?"

안집 아이가 눈을 둥그렇게 뜨고 소리가 난 쪽으로 머리를 돌렸다.

"야, 방금 난 소리가 무슨 소리야? 너 저 소리 때문에 이곳에 있었던 거지?"

아이가 날카로운 눈길로 소년을 노려보았다.

"아니야……."

소년이 기어드는 목소리로 아니라고 했다.

"맹~ 맹~"

그때 다시 맹꽁이가 울었다.

"야, 맹꽁이 울음소리다! 너 이 새끼, 맹꽁이 잡으려고 그랬지?

근데 왜 아니라고 해?"

아이가 소년에게 주먹을 들어 보이며 윽박질렀다.

"아니야, 그게 아니야."

소년이 울상을 지으며 말했다. 소년은 윽박지르는 아이보다 자기에게 어떤 위험이 닥칠지도 모르고 울음소리를 낸 맹꽁이가 더 야속했다.

"너 이 새끼, 또 거짓말 하면 죽어!"

아이가 소년의 얼굴에 주먹을 들어 을러대고는 곧이어 풀숲을 뒤지기 시작했다.

"잡았다!"

풀숲을 한참 뒤지던 아이가 소리를 질렀다. 기어코 맹꽁이는 안집 아이의 손에 잡힌 것이다. 탐욕스런 아이의 손에 잡힌 맹꽁이는 이제 살아날 가망이 없었다. 안집 아이는 맹꽁이를 가지고 갖은 장난을 다 하다가 나중에는 죽이고 말 것이었다.

안집 아이는 득의만면한 얼굴로 천천히 풀숲에서 나왔다.

"봐, 인마! 내가 잡은 맹꽁이다."

안집 아이가 맹꽁이의 뒷다리 잡은 손을 들어 보였다. 맹꽁이는 아이의 손에 뒷다리를 잡힌 채로 배를 부풀렸다 오므렸다 하며 대

롱거렸다. 그 순한 눈을 끔벅끔벅 하면서.

물이 불은 개천에는 흙탕물이 무서운 기세로 흘러갔다.

물 위로 온갖 잡동사니들이 휩쓸려 떠내려갔다. 널빤지, 나무토막, 빈 병, 고무신짝, 깨진 고무다라, 궤짝 따위들이었다. 심지어는 죽은 돼지새끼까지 떠내려갔다.

어른들과 아이들이 나와 미꾸라지를 잡느라 개천가는 여간 소란스럽지가 않았다. 뜰채를 들어 올릴 때마다 미꾸라지가 한 양재기씩 잡혔다. 양동이 가득 미꾸라지를 잡은 사람들은 미꾸라지를 집에다 쏟아놓고 또 잡으러 나왔다. 그 많은 미꾸라지를 잡아서 어디에 쓰려는지 욕심을 부렸다.

소년은 미꾸라지 잡는 모습을 지켜보다가 무엇인가 생각이 났다는 듯 물가로 내려갔다. 그러고는 긴 막대기 하나를 주워 떠내려가는 빈 병과 고무신짝 따위를 건져 올렸다.

소년이 한참을 그 일에 몰두해 있는데,

"야, 이놈아야. 니는 미꾸라지 안 잡고 뭔 놈의 쓰잘데기없는 빈 병하고 고무신짝만 건져 쌌노?"

하고 한 아저씨가 소년에게 다가왔다.

"니 뜰채가 없어서 고기 못 잡노? 내 뜰채 빌려 주까?"

아저씨가 친절하게 소년의 속마음도 모르고 뜰채를 빌려주겠다고 제의했다.

소년은 아저씨의 제의가 고마웠지만 받아들일 수가 없었다. 소년이 빈 병과 고무신을 건져 올리는 데에는 까닭이 있었다. 소년은 건져 올린 빈 병과 고무신짝을 엿장수에게 엿이나 돈으로 바꿀 생각이었다.

"허, 그놈. 답답하네. 뭔 사내 자슥이 말이 없노. 싫으면 관둬 뿌라."

소년이 가타부타 아무 말이 없자 아저씨는 휭 하니 자리를 옮겼다. 소년은 그런 아저씨에게 미안한 마음이 들었으나 그렇다고 자기의 속내를 드러낼 수는 없었다.

아저씨가 떠나자 소년은 하던 일을 계속하였다. 개천 가장자리로 떠내려 오는 것들은 손으로 건져 올렸고 그렇지 않은 것들은 막대기를 사용하였다.

잠깐 사이에 빈 병과 신발짝들이 제법 많이 모였다. 소년은 물건들이 쌓이는 재미에 힘든 줄도 몰랐다.

"야, 저 자식 저기서 뭐하냐?"

한 무리의 아이들이 소년이 있는 곳으로 몰려왔다.

"저놈은 미꾸라지를 잡는 대신 쓰레기를 건진다."

"저 자식 우리 집에 세 들어 사는 놈인데."

"근데 왜 재는 고기는 안 잡고 쓰레기를 건지냐?"

"그러게 말이야. 참 이상한 자식도 다 있다."

제각각 한 마디씩 하면서 아이들은 소년이 있는 곳으로 다가왔다.

소년은 아이들이 몰려오자 은근히 겁이 났다. 아이들이 시비를 걸거나 해코지를 할까 봐서 였다. 그런 염려를 하는 건 아이들 중에 툭하면 시비를 걸거나 소년을 업신여기는 안집 아이가 있기 때문이었다.

"인마, 너 뭐하려고 쓰레기들은 잔뜩 건져 놓았냐? 고물장사 하려고 그러냐?"

안집 아이가 빈 병 하나를 발로 툭 차며 빈정거렸다. 빈 병은 또르르 굴러 물속으로 다시 빠져버렸다.

"안 돼! 그건 내가 건져 놓은 병이야."

소년이 물에 빠져 떠내려가는 병을 안타깝게 바라보며 말했다.

"어쭈, 안 되긴 뭐가 안 돼. 자식아."

그러면서 아이는 또 다른 병을 발로 차 물속으로 빠뜨렸다.

"그러지 마. 이건 내가 쓰려고 건져 놓은 병이란 말이야."

소년이 애원하는 눈으로 아이들을 둘러보며 말했다.

"자식아, 이런 쓰레기들을 무엇에 쓰려고 그래? 너 우리 집으로 이딴 거 가져오면 죽을 줄 알아."

안집 아이가 소년에게 주먹을 들어 보이며 윽박질렀다.

"알았어. 집으로 안 가져갈게."

소년이 순순히 대답했다.

"에잇, 이까짓 것들! 얘들아, 니들도 아무거나 하나씩 발로 차라!"

안집 아이가 같이 온 아이들에게 명령하듯 말했다.

"좋았어. 자, 봐라. 내가 멋있게 찰 테니."

한 아이가 기다렸다는 듯이 공을 차듯 힘차게 빈 병 하나를 개천으로 차 넣었다. 그러자 다른 아이들도 일제히 병이건 신발짝이건 닥치는 대로 개천으로 차 넣고는 유유히 사라졌다.

가겟집 순실이

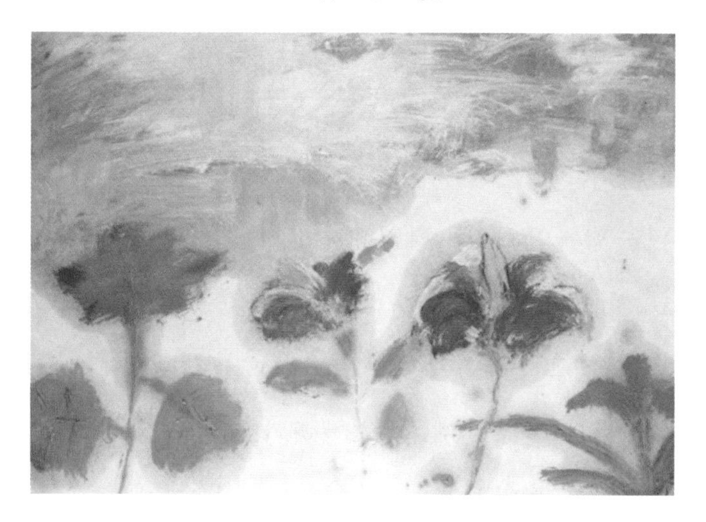

누나는 집에 안 들어온 지 사흘만에야 들어왔다. 소년이 학교에서 돌아와 보니 누나는 부엌 바닥에 쪼그려 앉아 열무를 다듬고 있었다. 소년은 누나를 보자 반갑기도 하고, 그동안 아무 연락도 없이 들어오지 않은 것 때문에 화가 나기도 했다.

"누나! 언제 왔어?"

서운함보다도 반가움이 앞섰다.

"염이 왔구나. 어서 와라."

누나가 열무 다듬던 손길을 멈추고 소년을 반갑게 맞이했다.

"누나, 그동안 어디서 무얼 했어?"

소년이 누나 곁에 다가와 물었다.

"미안하다, 염이야. 누나가 일이 있어서 들어오지 못했어. 그동안 밥도 굶었지? 배 많이 고팠겠구나."

"쌀이 있었으면 내가 해먹었을 텐데 쌀도 하나도 없잖아."

소년은 누나에게 더 이상 무엇 때문에 안 들어왔는지 묻지 않았다. 누나가 안 들어오고 싶어서 안 들어왔을 리가 없었기 때문이었다.

"염아, 누나 다니던 양장점 그만두고 다른 데 취직했다."

"왜 다니던 양장점 그만 뒀어?"

"응, 거기는 너무 월급이 적잖아. 그래서 월급이 더 많은 곳으로 옮겼어. 거기에서 선불을 줘서 쌀도 사고, 연탄도 사고, 월세 밀린 것도 다 냈어."

누나가 소년을 바라보고 희미한 미소를 지었다.

"누나, 그 직장은 무슨 일하는 곳이야? 상당히 좋은 덴가 보다. 월급을 미리 주고 말이야."

소년이 기분이 좋아서 물었다.

"응, 그런 곳이 있어. 무슨 일을 하는지는 나중에 알려줄게. 그리고 염이야, 이거 가지고 가서 너 먹고 싶은 것 사 먹어."

누나는 10원짜리 한 장을 소년에게 내밀었다.

"나 돈 안 줘도 돼, 누나. 이따가 누나하고 밥 먹으면 되잖아."

소년은 누나가 내미는 돈을 받지 않았다.

"아니야, 어서 받아. 그리고 염이야, 누나가 앞으로는 저녁 늦게 들어올 거야. 그러니까 그렇게 알고 학교에서 돌아오면 너 혼자 저녁 먹고 공부하다 자. 누나 기다리지 말고."

그런 말을 하는 누나의 표정은 조금 어두웠다.

누나의 말마따나 누나는 아주 늦게 집에 돌아왔다. 소년은 누나를 기다리다가 제풀에 스르르 잠든 적이 한두 번이 아니었다. 자다 깨어보면 누나는 아직 돌아오지 않았다.

소년은 동네 가게 앞을 지나다가 주머니에 들어 있는 돈이 생각나 가게 안을 기웃거렸다. 가게 안 진열대에는 알록달록한 과자들과 사탕들이 죽 진열되어 있었다. 가끔 소년은 가게 앞을 지나다가 과자나 캐러멜을 보고 사 먹었으면 한 적이 있었다. 그러나 사 본 적은 별로 없었다. 우선 돈이 없어서이기도 하였지만 돈이 있어도 소년은 선뜻선뜻 군것질을 하지 않았다.

소년은 며칠 전에 누나가 준 돈을 주머니 속에서 손으로 꼼지락꼼지락 만지작거렸다. 소년의 눈길은 진열대 앞에 있는 캐러멜에 가 있었다. 소년은 다른 무엇보다도 캐러멜을 좋아했다. 캐러멜은 열개들이 한 봉지에 5원이었다. 누나가 준 돈은 10원이었다. 이 돈이면 캐러멜 두 봉을 살 수 있었다.

소년이 가게 문 앞에서 서성거리고 있을 때였다. 가게 문이 드르륵 열리며 안에서 여자애가 나왔다. 순실이라고 불리는 가겟집 딸이었다.

"야, 너 왜 거기에 있니? 뭐 살 거야?"

여자애가 소년을 보고 물었다.

"응, 아, 아냐."

소년이 당황하여 얼굴을 붉히며 대답했다.

"그런데 왜 거기 있어? 뭐 살 거 있으면 들어와서 사 가."

여자애가 가게 안으로 다시 들어가며 소년에게 말했다.

소년은 여자애의 말에 잠시 어찌할까 망설였다. 캐러멜을 살 것인가 말 것인가 마음속에서 갈등이 일었다.

"야, 어서 들어와."

여자애가 다시 소년을 보고 들어오라고 손짓을 했다. 가게 안에는 여자애만 있었다. 다른 때에는 여자애의 엄마가 가게를 보았는데 다른 일을 하는지 보이지 않았다.

소년은 몇 번을 망설이다가 가게 안으로 들어섰다.

"뭘 살 거니?"

여자애가 소년 곁으로 다가오며 물었다.

"응, 저기 저거 한 개."

소년이 캐러멜을 손가락으로 가리켰다.

"이거?"

여자애가 캐러멜을 들어 보였다.

"응."

"야, 너 남자애가 상당히 수줍음이 많구나. 너 목감 국민학교에 다니지? 나도 그 학교에 다니는데."

여자애는 캐러멜과 거스름돈 5원을 소년에게 내밀며 묻지도 않은 말까지 했다.

"나는 3반인데 넌 몇 반이냐?"

"5반이야."

"그래? 그런데도 어떻게 자주 못 봤지?"

"……."

가겟집 여자애와 한 번 말을 튼 후로 소년은 학교에서나 길거리에서 여자애를 만나면 자연스럽게 말을 하게 되었다. 그런 면에서는 오히려 여자애가 더 적극적이었다. 학교 가는 길이라든가 오는 길에 그리고 어쩌다가 학교에서 만나면 여자애는 쪼르르 소년에게 달려와 말을 걸었다.

소년은 학교에서 특별히 잘 어울리는 친구가 없었다. 그건 동네에서도 마찬가지였다. 그렇기 때문에 소년은 학교생활에도 흥미가 없었다. 학교에 가도 선생님이나 같은 반 급우들 역시 소년에게 관심을 갖지 않았다.

소년은 외톨이였다. 소년은 학교 가기가 싫었다. 학교에 가면 선생님이 무서웠다. 선생님은 반 아이들이 조금만 떠들어도 단체로 벌을 주었다. 아이들을 전부 나오라고 해서 굵은 각목으로 엉덩이를 사정없이 때렸다. 때리는 것도 때리는 것이지만, 기성회비가 밀린 아이들을 불러내 왜 기성회비가 밀렸는지 이유를 대라며 출석부로 머리를 때렸다.

소년 역시 기성회비가 몇 달치나 밀려 있었다. 시골에 사는 엄마가 기성회비를 내줘야 하는데 돈이 없어 제때 기성회비를 내주지를 못했다. 누나도 돈이 없기는 마찬가지였다. 이런 집안 사정을 뻔히 알기 때문에, 선생님이 기성회비를 내지 못했다고 집으로 돌려보내면 소년은 길거리를 배회하다 돌아오고는 하였다.

선생님도 무섭고, 아이들도 싫고, 기성회비를 못 낸 학교에 가기도 싫었다. 학교에 가봤자 선생님은 소년을 불러내 기성회비를 가져오라고 집으로 돌려보낼 것이 뻔했다. 선생님의 무서운 추궁과 집에 돌려보내는 일이 반복되는 학교에 가봤자 라는 생각이 들었다.

소년은 학교에 가지 않았다. 학교에 간다고 아침에 나와서는 길거리나 시장 안을 헤매고 다녔다. 그렇잖으면 누나가 가끔 군것질 하라고 준 돈으로 만화가게에 가서 만화를 보며 시간을 보냈다.

만화가게에서 가끔 여자애를 만났다. 여자애도 만화 보는 것을 좋아하는 것 같았다. 그러나 여자애는 학교가 끝나고 와서 만화를 보았다. 소년은 아침서부터 줄곧 있었기 때문에 갑자기 여자애가 만화가게 문을 열고 들어오면 가슴이 뜨끔했다. 도둑이 제 발 저린다는 격이었다.

그렇잖아도 소년의 마음은 편치 않았다. 만화가게에 있을 때나 길거리나 시장 안을 돌아다닐 때에도 아는 사람이나 같은 반 아이들을 만나지 않을까 항상 불안했다.

“야, 너는 학교 끝나면 집부터 가지 않고 만화가게부터 오냐? 너 학교는 갔다 와서 만화책 보는 거야?”

여자애가 만화가게에 들어와 한쪽 구석에 쪼그려 앉아 만화를 보고 있는 소년을 발견하고 말했다. 소년은 어둡침침한 곳에서 만화책에 열중해 있다가 갑작스레 들린 여자애의 말에 깜짝 놀랐다. 여자애는 소년이 학교에 가지도 않고 아침서부터 줄곧 만화책을 보며 시간을 보내고 있다는 것을 몰랐다. 소년은 학교에 가지 않았다는 죄책감과 불안감에 진저리를 치며 자리에서 일어났다.

“나 집에 간다. 만화책 보고 와.”

“왜 벌써 가려고? 너 돈 없으면 내가 내줄게, 만화책 더 보고 가.”

여자애가 소년에게 말했다.

“아니야. 나, 갈래.”

“그래, 그럼. 야, 너 이따가 나랑 만복사 있는 산으로 복숭아 따러 안 갈래?”

여자애가 소년의 뒤에 대고 말했다.

소년은 만화책을 주인에게 내주고 나서 여자애를 돌아보았다.

여자애는 그런 소년의 대답을 기다리며 만화책을 들고 엉거주춤 서 있었다.

"다른 애들이 벌써 다 따 먹었을 거야."

소년은 안집 아이를 생각하며 말했다. 안집 아이와 그 애와 어울리는 아이들이 복숭아를 그냥 놔두었을 리가 없었기 때문이었다.

만복사가 있는 산에는 개복숭아나무와 벚나무 그리고 앵두나무, 살구나무, 보리밥나무, 산뽕나무들이 있어 동네 아이들은 틈만 나면 산에 올라가 열매를 따서 먹었다. 소년도 몇 번 산에 올라가 산뽕나무 열매인 오디와 버찌를 따 먹은 적이 있었다.

아이들은 서로 먼저 따 먹으려고 앞다퉈 산을 올랐다. 그러고는 아직 채 익지도 않은 열매까지 땄다. 다른 애들이 먼저 따 먹기 전에 자기가 먼저 차지하려는 욕심 때문이었다.

군것질거리가 많지 않고 돈이 없는 아이들에게 그런 산열매들은 아이들의 좋은 간식거리가 되었다. 소년은 산열매의 향긋하고 새콤달콤한 맛을 생각하자 입 안에 침이 고였다.

"그래 그럼, 이따가 만나자."

소년이 그러자고 했다. 그러자 여자애는 얼굴 가득 웃음을 띠며 소년에게 말했다.

"그러지 말고 지금 가자. 늦게 가면 너네 안집 애하고 걔랑 어울려 다니는 애들이 다 따 먹을 거야. 그러니까 지금 가자."

그러면서 여자애는 들고 있던 만화책을 다시 꽂아놓고 소년의 팔을 잡아끌었다.

소년과 여자애는 만복사가 있는 산으로 향했다. 소년의 손에는 막대기가, 여자애의 손에는 봉투가 들려 있었다. 열매를 딸 때 쓸 막대기와 딴 열매를 담을 봉투였다.

산은 동네에서 한 20분 걸어가면 있었다. 산 앞에는 대학교와 병원이 있었다. 산속에는 멋있는 집도 몇 채 있는데, 그런 집에는 주로 외국인들이 살았다.

"복숭아 따다 걸려서 혼나는 거 아냐?"

소년이 걱정스런 얼굴로 소녀를 돌아보며 물었다.

"야, 걸리긴 왜 걸러? 그러니까 빨리 따서 도망가야지."

여자애가 아무렇지도 않은 얼굴로 말했다.

"그래도 난 겁이 나는데."

"야, 재수 없게 복숭아 따기도 전에 그런 소리냐? 넌 남자애가

겁이 너무 많아."

여자애가 매몰차게 소년에게 말했다.

"아니야, 그냥 해 본 소리야."

소년이 여자애의 말에 수그러든 목소리로 말했다.

여름의 숲은 녹음으로 우거졌다. 풀들도 웃자라 있어 걸을 때마다 팔과 다리를 스쳤다. 스친 자국마다 발갛게 표시가 났다. 심한 경우 풀독으로 화끈거리고 따가웠다. 소년은 작년에 그런 경험이 있어 풀숲을 조심해서 걸었다. 집에서 나올 때 긴팔 옷을 입고 나온 것이 다행이었다. 여자애는 반팔 티셔츠를 입고 있었다.

"조심해서 걸어. 풀에 팔이 스치면 따가우니까."

소년이 앞장 서 걸으며 여자애에게 주의를 주었다. 그러면서 소년은 나뭇가지나 풀을 제쳐 여자애가 지나가기 좋게 잡고 있었다.

장마가 지고 습기가 많은 산은 후덥지근하게 더웠다. 나무 밑에 버섯들이 군데군데 나 있었다. 노란 갓의 광대버섯도 있고, 하얀 갓의 파리버섯도 있었다. 이런 버섯들은 독이 있는 독버섯이었다.

산나리 꽃도 노랗게 예쁘게 피어 있었다. 소년이 산나리 꽃 옆을 지나며 코를 대고 냄새를 맡았다. 향기는 나지 않았다. 그 모습을 여자애가 보며 한마디 했다.

"야, 넌 남자애가 여자 같이 꽃을 보고 냄새를 맡고 그러냐?"

"응, 꽃이 예쁘잖아."

"꽃이 예쁜 걸 누가 모르냐? 그렇지만 너처럼 꽃에 다가가서 냄새까지 맡지는 않는다."

"그래, 사람마다 다 다르니까."

"야, 저기 복숭아나무가 있다. 빨리 가자."

여자애가 앞쪽을 손으로 가리키며 뛰어갔다.

"어, 정말?"

소년도 여자애의 뒤를 좇아 뛰어갔다.

복숭아나무에는 아기 주먹만한 복숭아들이 조랑조랑 달려 있었다. 복숭아들은 보기에도 먹음직스러워 보였다. 소년은 침을 삼켰다. 그러나 복숭아는 아직 따 먹기에는 너무 일러 푸르스름하고 작았다.

"야, 어서 올라가 따. 내가 밑에서 주울 테니까."

여자애가 소년을 채근했다.

"알았어."

소년은 대답을 하고 복숭아나무 위로 올라갔다. 복숭아나무 위로 올라간 소년은 손을 뻗어 복숭아를 따서 밑으로 떨어뜨렸다. 그러면 여자애가 얼른 주워 담았다.

한참을 두 아이는 정신없이 복숭아를 땄다. 복숭아를 따면서도 소년은 누가 올까 봐 가슴이 두근거렸다.

"야, 이제 그만 딸까?"

소년이 잠시 따던 손길을 멈추고 여자애에게 물었다.

"아니, 조금만 더 따."

여자애가 나무 위의 소년을 쳐다보며 말했다.

"이제 그만 따자. 많이 땄잖아. 이러다 누가 오면 어떻게 하니?"

소년이 겁먹은 목소리로 말했다.

"그래, 그럼 빨리 내려와."

"봉지에 많이 찼잖아."

나무에서 내려온 소년이 여자애가 들고 있는 봉지를 보며 말했다.

"이거면 우리 둘이서 실컷 먹겠다, 그치?"

"응, 우리 한 개씩 먹어보자."

소년이 말하고 봉지에서 복숭아 한 개를 꺼내 바지에 쓱쓱 문질러 와삭 한 입 베어 물었다.

"와, 시다! 너도 하나 먹어 봐."

소년이 시어서 얼굴을 찌푸리며 여자애에게 말했다. 여자애도 복숭아 한 개를 꺼내 풀잎에다 쓱쓱 문질러 한 입을 베어 물었다.

"와우, 셔!"

소년과 여자애는 딴 복숭아를 먹으며 천천히 산속을 걸었다. 아직 맛이 들지 않은 복숭아지만 소년과 여자애는 복숭아를 먹으며 걸었다.

"야, 저기 보리수나무 있다! 보리수 열매가 많이 열렸는데 우리 저것도 따 먹고 갈까?"

여자애가 보리수나무를 발견하고 소리쳤다.

"어디, 어디에 있어?"

보리수나무라는 말에 소년은 주위를 두리번거렸다.

"저기, 저기 있잖아. 저 집 담 옆에 말이야."

여자애가 가리키는 쪽을 보니 거기에는 서양식 큰 집이 있고 담 옆에 보리수나무가 서 있었다. 보리수나무에는 보리수 열매들이 열려 있었다. 그렇지만 시기가 지나 열매는 조금 시들어 있었다.

"야, 저기서 보리수 따다가 주인한테 들키면 어떻게 하냐? 그냥 가자."

소년이 내키지 않아 여자애에게 돌아가자고 했다.

"조금만 따 먹고 가자."

여자애가 고집을 부렸다. 어쩔 수가 없었다. 소년과 여자애는 발걸음 소리가 나지 않게 살금살금 걸어 보리수나무 밑으로 다가갔다.

보리수 열매는 많이도 가지에 붙어 있었다. 소년과 여자애는 가지를 붙들고 정신없이 보리수를 따서 입에 넣었다. 달콤하고 새콤한 맛이 입 안 가득했다. 두 아이는 한 마디 말도 없이 정신없이 열매를 따서 입에 넣었다. 따서 먹느라고 말을 할 겨를이 없었다.

"야, 너희들 거기서 뭐해?"

"어쭈, 둘이서 잘들 논다."

어느새 왔는지 안집 아이와 패거리들이 소년과 여자애를 발견하고 이기죽거리며 다가왔다. 소년과 여자애는 놀랍기도 하고 낭패스러워 어찌할 바를 몰랐다. 하필 여기서 저 애들을 만날 줄이야 누가 알았겠는가.

"너희들 왜 남의 집 보리수 열매는 따 먹고 그래?"

안집 아이가 실실 웃으며 두 아이를 빈정대었다.

"야, 너 왜 그래? 넌 남의 집 열매 안 따 먹었어?"

여자애가 안집 아이에게 눈을 흘기며 한마디 쏘아붙였다.

"어쭈, 이게 그래도 할 말이 있다고 대드네. 야, 내가 남의 집 거 따 먹는 것 봤어? 이게 까불고 있어!"

안집 아이가 여자애에게 손을 들어 때리는 시늉을 했다.

"창수야, 그러지 마. 우리 이제 집에 가면 되잖아."

소년이 안집 아이에게 울상을 지으며 사정조로 말했다.

"뭐, 집에 간다고? 남의 것 다 따 먹고 나서 간다 이 말이지."

"야, 이것들 복숭아도 잔뜩 땄잖아."

한 아이가 봉지 속에 든 복숭아를 보고 말했다.

"어디, 어디 있어? 어라, 정말이네."

"야, 요것들. 어느새 우리가 따 먹을 것까지 다 땄나 본데."

소년은 어찌할 바를 몰랐다. 이제 애들한테 모든 것을 들켰으니 이 자리를 무사하게 벗어나기는 틀린 것 같았다. 소년은 자신보다 여자애가 더 걱정이 되었다. 이 자리를 어서 빨리 무사하게 벗어나야 할 텐데 식은땀이 흘렀다.

소년은 여자애를 돌아보았다. 여자애는 복숭아가 든 봉지를 껴

안고 아이들을 쏘아보았다. 해코지를 하면 가만 안 두겠다는 결의가 얼굴에 가득했다.

"야, 너희들 복숭아 딴 거 우리한테 내놓고 가면 가만있을 테니까 그거 이리 내."

안집 아이가 거만한 표정으로 말했다.

"야, 웃기지 마! 우리가 힘들게 딴 걸 너희 깡패 같은 애들한테 왜 줘."

여자애가 복숭아 봉지를 뒤로 감추며 표독스럽게 소리쳤다.

"뭐라구? 우리가 깡패라구? 이게 어디서 말을 함부로 하는 거야?"

그와 동시에 안집 아이가 여자애의 뺨을 '철썩' 소리가 나게 때렸다.

"왜 때려! 이 나쁜 새끼야!"

여자애가 맞은 뺨을 부여잡고 소리쳤다. 소년은 여자애가 맞자 피가 끓었다. 더 이상 참고 있을 수가 없었다.

"야, 너 정말 이럴 거야? 왜 아무 잘못도 없는 애는 때리고 그래?"

소년이 씩씩대며 여자애 앞에 나서며 안집 아이에게 대들었다.

"넌 뭐야, 새끼야? 남자 새끼가 계집애하고나 어울려 다니면서."

안집 아이가 가소롭다는 표정으로 소년 앞에 버텨 섰다.

"말로 하면 되지, 왜 애는 때려? 그리고 너희들은 여기에서 복숭아 안 따 먹었어?"

"이게 정말!"

안집 아이가 주먹으로 소년의 얼굴을 때렸다. 소년은 얼떨결에 얼굴에 주먹을 맞고 비틀거렸다. 참는 것도 한계가 있었다. 소년은 안집 아이에게 달려들었다. 곧 두 아이는 한데 엉켜 붙었다. 주먹질과 발길질이 오갔다. 곧이어 땅바닥에 뒹굴었다. 소년은 악에 받쳤다. 그동안 안집 아이에게 받아온 부당한 일들이 생각나자 눈에 보이는 것이 없었다. 소년은 사정보지 않고 있는 힘을 다해 주먹을 휘둘렀다.

"야, 이놈들아! 너희들 누군데 여기 와서 싸움질이야!"

갑자기 집 쪽에서 웬 사람이 버럭 소리를 질렀다. 그러자 두 아이의 싸움을 구경하고 있던 아이들이, 다리야 날 살려라 하고 도망을 쳤다. 안집 아이도 얼굴을 감싸고 도망친 아이들의 뒤를 비실비실 따라갔다.

"너 이 새끼, 이따 집에 오기만 하면 죽을 줄 알아!"

안집 아이는 씩씩대면서 뒤를 돌아보며 소년에게 주먹을 쥐고 흔들었다.

"괜찮니? 이런, 너 코피 난다. 입도 찢어졌어."

여자애가 소년의 얼굴을 살피며 걱정스러운 듯 말했다.

"괜찮아."

소년이 바지를 툭툭 털며 말했다. 봉지는 찢어져서 복숭아가 여기저기 흩어져 있었다.

감이 든 광주리를 이고 오신 엄마

학교에 가는 날은 가뭄에 콩 나듯이 드문드문 했다. 소년은 학교에 가는 일이 죽기보다 싫었다. 누나는 소년이 학교에 다니는지 안 다니는지 관심이 없었다. 아니 관심이 없다기보다는 으레 잘 다니고 있으려니 생각했다.

누나는 늘 늦게 돌아왔다. 무슨 일을 하느라 늦게 들어오는지 몰랐다. 예전에 양장점에 다닐 때에는 10시를 넘은 적이 거의 없었다. 그러나 새로운 곳으로 직장을 옮기고부터는 늘 늦었다. 어떤 때는 새벽에 들어오는 적도 있었다.

"누나, 왜 날마다 늦게 와?"

소년이 물으면 누나는 아무렇지 않게 대답했다.

"늦게까지 일하는 데야."

"무슨 일하는데 날마다 늦어? 지난번에 물었을 때 누나가 나중에 알려준다고 했잖아."

"묻지 마. 그리고 넌 말해줘도 몰라."

누나는 소년의 물음에 시원하게 대답해 주지 않았다. 소년도 더 이상 묻지 않았다. 새로운 곳으로 직장을 옮긴 후부터 누나는 여러 가지로 달라졌다. 그중에 특이한 것은 누나가 늦게 들어온다는 점이었다. 그리고 양장점에 다닐 때에는 소년에게 용돈을 거의 주지 않았지만, 직장을 옮긴 후부터는 용돈을 자주 주었다. 또한 군것질거리도 자주 사왔다. 주로 땅콩이나 오징어, 호떡 따위였다.

산에서 싸운 이후로 안집 아이가 소년을 대하는 태도가 많이 달라졌다. 전에는 안집 아이가 무슨 말을 하든, 어떤 행동을 하든 소년은 아무런 대응도 하지 않았다. 그런데 그런 소년이 악에 받쳐 죽기 살기로 달려들어 대등하게 싸운 것이다.

그날 소년도 많이 맞아 코피를 흘리고 입이 찢어지게 다쳤지만, 안집 아이도 얼굴이 퉁퉁 붓고 온몸 여기저기 멍이 들었다. 그 이후로 안집 아이는 소년을 봐도 보는 척, 마는 척하며 지나쳤다. 전에 같으면 시비를 건다든가 해코지를 했을 텐데 그러지를 않았다. 달라진 건 여자애도 마찬가지였다. 만화책을 빌려 소년의 집으로 오기도 했고, 가게에 있는 과자를 몰래 훔쳐가지고 오기도 했다.

여름방학도 끝나고 새 학기가 시작되었다. 여전히 소년은 학교에 대한 흥미를 잃어 가는 둥, 마는 둥 하였다. 학교 선생님도 소년이 오면 오나보다, 가면 가나보다 했고 기성회비 독촉만 하였다. 그러다가 그나마도 제풀에 지쳤는지 한동안은 독촉도 하지 않았다. 다만 소년에게 점심때가 되기 전에 자기 집으로 가서 도시락을 가져오게 하였다. 소년은 3교시만 끝나면 교실을 나와 선생님 집으로 도시락을 가지러 갔다.

오히려 이 일은 공부하기 싫어하는 아이들이 서로 하려고 하였다. 선생님 집은 학교에서 한 20분 걸어가야 하는 곳에 있었다. 집은 옛날 한옥이었고, 사모님은 아주 뚱뚱한 사람이었다. 소년이 도시락을 가지러 가면 사모님은 아무 말도 안 하고, 도시락을 싼 보퉁이를 소년에게 내밀었다. 그러면 소년은 꾸벅 인사를 하고 집을 나왔다. 잘 가라는 말이나 수고한다는 말 한 마디 없었다. 참으로 말이 없는 분이었다.

여름이 가고 가을이 왔다. 계절은 때가 되면 소리 소문 없이 바뀌었다. 어느 날 아침저녁으로 살갗에 선들바람이 느껴지면 가을이었다. 계절이 바뀌었다고 해서 소년의 생활이 크게 바뀌는 것은 없었다. 오히려 날씨가 아침저녁으로 선선해지자 소년의 마음은 더욱 쓸쓸하고 외로웠다. 소년은 엄마가 보고 싶었다.

그러던 어느 날이었다. 엄마가 찾아왔다. 엄마는 광주리를 머리에 이고 오셨다. 광주리 안에는 감이 들어 있었다.

“염이야, 엄마다. 집에 있었구나. 학교는 갔다 왔냐?”

엄마는 광주리를 마당 한쪽에 내려놓았다.

“엄마!”

소년은 생각지도 않게 엄마가 오자 반가워서 소리쳐 불렀다.

“그래, 에미다. 잘 있었냐?”

엄마가 측은한 얼굴로 물었다.

소년은 갑작스레 엄마를 보자 무슨 말을 해야 할지 몰랐다. 그런 소년에게 엄마가 광주리에서 감을 꺼내 소년에게 내밀었다.

“감이다. 먹어라.”

“…….”

소년이 아무 말 없이 감을 받았다. 감은 물렁하게 익은 연시였다. 광주리 안에는 감이 대여섯 개가 더 남아 있었다.

"팔고 남은 것이다."

엄마가 남은 감을 부엌에서 가져온 바가지에 담으며 말했다.

"엄마, 감 장사 해?"

소년이 감을 한 입 베어 물며 엄마에게 물었다.

"오냐, 돈이 하도 궁해서 감 장사를 시작했다. 오늘 처음 시작했는데 쉽지 않더라."

"아버지가 돈 안 줘요?"

"니 애비 얘기는 꺼내지도 마라. 허구한 날 술이나 마실 줄 알았지 돈벌이를 하는 줄 아냐? 내가 오죽하면 감 장사를 시작했겠냐?"

엄마가 말을 마치며 한숨을 쉬었다.

소년은 엄마가 말을 안 해도 집안 사정을 뻔히 알았다. 더군다나 의붓아버지의 생활 태도를 말이다. 날마다 술만 마시고, 엄마를 괴롭히고, 집안 살림은 나 몰라라 하는 의붓아버지였다.

"엄마, 힘든데 언제까지 장사할 거야?"

소년은 엄마가 안돼 보여서 말했다.

"하는 데까지 해봐야지. 그런데 너는 공부는 잘하고 있냐? 네가 공부라도 잘해서 이 다음에 훌륭하게 돼야지 이 에미가 사는 보람이 있다. 그리고 네 누난 너 밥 잘해주고 있냐?"

엄마의 말에 소년은 가슴이 뜨끔했다. 소년이 학교도 제대로 다니지 않고, 공부는 아예 할 생각도 않고 있다면 엄마는 얼마나 가슴이 아프실까. 그걸 생각하니 소년은 죄책감과 함께 엄마에 대한 죄스러움으로 가슴이 미어질 것 같았다.

"왜 아무 말도 못하고 있냐? 공부는 제대로 하고 있는 거야?"

엄마가 다시 소년에게 물었다. 소년은 고개를 푹 수그리고 입을 다물었다. 무슨 말을 할 수가 없었다. 하긴 지금 소년은 입이 열 개라도 할 말이 없었다.

"엄마……"

소년이 엄마를 부르며 무슨 말을 할 듯하다가 다음 말을 잇지 못하였다.

"왜? 무슨 할 말이 있냐? 할 말이 있으면 해 봐."

엄마는 그새 부엌에 들어가서 설거지랑 부엌 청소를 시작하였다.

"엄마, 저……"

소년이 계속 말을 잇지 못하고 머뭇거렸다.

"너 왜 그래? 사내 녀석이 속 시원하게 할 말이 있으면 해야지 왜 우물거려."

엄마가 핀잔을 주었다.

"엄마, 나 기성회비."

"뭐? 기성회비?"

엄마가 소년의 얼굴을 바라보며 되물었다.

"응, 기성회비가 많이 밀려서 학교에 가기 싫어요."

소년이 얼굴을 붉히며 엄마의 얼굴을 애써 피하며 어렵게 말했다.

"기성회비가 몇 달치나 밀렸냐?"

"몰라. 많이 밀렸어."

"그래, 많이 밀렸기도 했겠지. 어이구, 그놈의 돈이 원수구나, 원수."

그러면서 엄마는 치마 속주머니를 뒤져 꼬깃꼬깃한 종이돈 몇 장과 동전을 꺼냈다.

"이게 오늘 장사해서 번 돈이다. 이걸로 또 내일 장사할 감을 떼어 와야 하지만 일단 기성회비부터 내거라."

엄마가 돈을 소년에게 내밀었다. 소년이 보기에 엄마가 내민 돈은 밀린 기성회비를 다 내기에는 턱없이 모자랄 것 같았다. 소년은 돈을 선뜻 받지 못하였다. 저 돈은 내일 엄마의 장사 밑천이었다.

"엄마, 그냥 다음에 낼게."

소년이 엄마를 생각해서 말했다.

"어서 받아. 내일 장사 밑천은 또 어떻게 되겠지."

엄마가 소년의 손을 거두며 말했다. 소년은 마지못해 돈을 주머니에 넣었다. 엄마는 방도 쓸고 걸레를 빨아 닦았다. 그리고 몇 가지 반찬도 만들었다.

일을 다 마친 엄마는 소년에게 말했다.

"엄마 이제 가야겠다. 이 감은 이따 누나 오면 같이 나눠먹고, 공부 잘하고 누나 말 잘 듣고 있거라. 나중에 내 또 오마."

엄마는 광주리를 찾아 들었다. 소년은 엄마를 기차 정거장까지 따라 나섰다.

"어서 들어가거라. 염이야, 공부 열심히 해야 한다. 그래야 나중에 고생한 보람이 있는 거다. 어서 들어가."

엄마가 개찰하고 나가면서 소년에게 손을 저었다. 그러나 소년은 돌아서지 않고 엄마가 플랫폼에서 기차가 오기를 기다리는 모

습을 지켜보았다. 잠시 후 기차가 기적을 울리며 역으로 들어섰다. 몇 사람이 내리고 또 몇 사람이 기차에 올랐다.

승객을 다 태운 기차는 서서히 출발하기 시작했다. 소년은 기차의 꽁무니가 안 보일 때까지 창밖으로 사라지는 기차를 바라보았다. 소년의 눈에 눈물이 흘러내렸다.

숲에서 나온 가스에 질식하다

소년의 누나는 여전히 날마다 늦게 들어왔다. 어떤 날은 술에 취해 들어오는 적도 있었다. 날이 갈수록 술에 취해 들어오는 날이 많았다. 그럴수록 소년은 슬프고 엄마가 보고 싶었다. 엄마하고 살았으면 좋겠다는 생각은 늘 했지만 요즘 들어 더 했다.

엄마가 준 돈으로 세 달치의 기성회비를 내었다. 세 달치라도 내자 더 이상 선생님은 밀린 기성회비를 내라고 집으로 돌려보내지 않았다. 그리고 집으로 도시락 심부름도 보내지 않았다.

소년은 엄마의 간곡한 부탁도 있고, 엄마가 너무 가엾어서 공부를 하기 시작했다. 공부와 담 쌓고 책을 멀리한 시간이 너무 길었지만 소년은 원체 총명했다. 암기 과목인 사회나 과학 그리고 국어는 시험을 보면 거의 백 점이었다. 산수만 조금 기초가 부족하여 점수가 낮았지만 그것도 곧 상위권이 되었다.

소년은 학교에서 돌아오면 밥상을 펴놓고 공부를 했다. 혼자 아무것도 안 하고 심심하게 지내는 것보다 훨씬 좋았다. 공부에 재미가 들기 시작한 것이다. 산수는 기초가 부족하여 아예 2학년 것부터 시작하였다. 문제를 풀다가 정 모르는 것이 있으면 전과를 보았다.

여자애는 틈틈이 만화책이나 동화책을 들고 찾아왔다. 그리고 군것질 할 것도 가지고 왔다. 물론 자기네 가게에서 몰래 가져온 것이었다. 여자애가 가지고 오는 군것질거리는 주로 뻥튀기나 꽈배기, 삼립빵, 그렇지 않으면 사탕 종류였다.

소년의 단순한 생활 속에 여자애가 차지하는 비중은 아주 컸다. 특별히 동네에서 어울리는 아이들이 없는 소년에게 여자애는 아주 좋은 친구가 아닐 수가 없었다. 여자애는 날마다 오다시피 하였다. 소년과 여자애는 함께 숙제도 하고, 만화책이나 동화책도 보고, 국자에다 뽑기도 해먹었다. 그러나 그런 여자애와의 사귐도 길지가 않았다. 예상치 않은 일이 벌어진 것이었다.

그날은 여자애가 다른 날보다 더 많은 군것질거리를 가지고 왔다. 전에는 가지고 오더라도 한두 개 내지는 잔돈 푼짜리 물건이었다. 그런데 이번에는 제법 값이 나가는 물건들을 봉지에 이것저것 넣어가지고 온 것이다.

소년은 숨차하며 방으로 들어오는 여자애를 보자 괜히 덜컥 겁이 났다.

"야, 뭘 그렇게 많이 가지고 왔어? 너 그것도 너희 엄마 몰래 가지고 온 거지?"

소년이 헐레벌떡 숨이 차서 들어오는 여자애를 보고 물었다.

"왜 그래? 그럼 몰래 가지고 오지 알리고 가져 오냐?"

여자애가 뭘 그런 걸 다 묻느냐는 표정으로 소년을 바라보았다.

"그러다 너희 엄마한테 들키면 어떻게 하려고 그래? 혼나잖아."

소년이 겁먹은 목소리로 말했다. 그런데 바로 그때였다. 소년의 말이 끝나기가 무섭게 부엌문이 벌컥 열렸다. 그러더니 여자애의 엄마가 들이닥쳤다.

"오호라, 도둑놈은 바로 여기 있었구나! 네 이놈의 자식, 네가 우리 애를 꼬드겨 가게 물건을 훔쳐오라고 했지? 너 이놈, 오늘 나한테 잘 걸렸다. 머리에 피도 안 마른 놈이 벌써부터 순진한 애를 꼬여서 도둑질을 시켜. 너 이놈의 자식, 당장 밖으로 나와!"

여자애의 엄마가 소년을 잡아먹을 듯이 험악한 얼굴을 하며 소리를 질렀다.

뜻밖의 돌발 상황에 소년은 어찌할 바를 몰랐다. 꼬리가 길면 잡힌다는 속담도 있지만, 이건 소년의 잘못이 아니었다. 물론 여자애가 가지고 온 과자를 같이 먹기는 했다. 하지만 소년이 가지고 오라고 한 것은 아니었다. 더군다나 몰래 훔쳐가지고 오라고 한 것은 더군다나 아니었다.

그러나 돌아가는 상황이 꼼짝없이 소년이 누명을 쓰게끔 되었다. 소년은 소름이 끼치고 진땀이 났다. 어떻게 하면 이 상황을 벗어날지 눈앞이 캄캄했다.

"이 자식이 나오라는데 뭘 잘했다고 버티고 있어? 빨리 나오지 못해! 오냐, 네가 안 나오면 내가 들어가마."

한바탕 악다구니를 퍼붓고 여자애의 엄마는 신발도 벗지 않은 채 방 안으로 성큼 들어섰다. 그러고는 소년의 멱살을 부여잡고 밖으로 끌어내었다.

"너 이 자식, 왜 우리 애를 꼬드겨 가게 물건을 훔쳐내 오라고 했냐? 이놈의 자식, 바늘 도둑이 소도둑 된다고, 네가 뭐가 되려고 벌써부터 그 짓이냐? 이 못된 놈아!"

여자애의 엄마는 소년을 밖으로 끌어내서는 뺨을 사정없이 때렸다.

"아줌마, 제가 시키지 않았어요."

소년이 얼굴을 부여잡고 아줌마에게 겁에 질려 말했다.

"뭐라구? 네가 시키지 않았어? 시키지도 않았는데 그럼 우리 애가 가게 물건을 집어내 너한테 갖다 줬다는 말이냐?"

아줌마는 눈을 치뜨고 소년을 잡아먹을 듯이 다그쳤다. 한참을 그러고는 아줌마는 겁에 잔뜩 질린 여자애를 돌아보았다.

"야, 이놈의 계집애야! 정말 이놈이 시키지 않았는데 네가 가게 물건을 훔쳐냈냐?"

자기 엄마의 표독스런 눈길이 자신에게 향하자, 여자애는 어쩔 줄을 몰랐다.

"왜 말을 못해! 정말 이놈 말이 맞아?"

여자애의 엄마가 소리를 빽 질렀다. 소년의 방 앞에서 큰소리가 나고 소란스럽자, 안집에서 주인아줌마가 나오고 주위에 사는 사람들도 무슨 일인가 하고 밖으로 나왔다.

"아니, 무슨 일이에요?"

안집 아줌마가 가게 아줌마를 보고 눈이 동그래서 물었다.

"내참 기가 막혀서 말이 안 나오네. 아 글쎄, 이놈의 자식이 우리 애를 꼬드겨 우리 가게 물건을 훔쳐오게 하지 않았수. 우리 계집애가 가게 물건을 한두 개씩 가지고 나가길래 처음에는 어디 가서 먹으려나 보다 생각했죠. 그런데 이것이 거의 날마다 가게 물건을 집어내 가더라고요. 그래서 이상하다 생각하고 오늘은 내가 몰래 뒤를 밟아 따라왔죠. 그랬더니 아니나 다를까. 저놈의 방에 달랑 들어가더라고요. 그래서 저놈이 우리 애를 꼬드겨 가게 물건을 훔쳐오게 했구나 하고 지금 혼을 내고 있구먼요."

"저런 저런, 어린 게 간덩이가 커도 보통 큰 것이 아니네."

"글쎄 말이야."

가게 아줌마의 말에 구경하던 이웃 아줌마들이 쑤군대기 시작했다. 가게 아줌마의 말을 듣고 난 안집 아줌마가 소년을 돌아보았다.

소년은 고개를 숙이고 눈물만 흘리고 있었다.

"얘, 이 아줌마 말이 사실이냐?"

"……."

안집 아줌마가 소년에게 차분한 목소리로 물었다. 소년은 묻는 말에 아무 대답을 안 했다.

"왜 말을 못해? 너 이 아줌마 말이 사실이라면, 너네 우리 집에서 살지 못한다. 우리 집은 그런 도둑질이나 하는 집 사람들에게 방 세 놓지 않는다. 그러니 솔직하게 말해."

안집 아줌마가 타이르듯 소년에게 말했다. 그러자 아무 변명도 않고 눈물만 흘리고 있던 소년이 그제야 고개를 들고 입을 열었다.

"제가 시키지 않았어요. 재가 가지고 온 과자를 먹기는 했지만 몰래 가지고 오라고 시키지는 않았어요. 정말이에요. 저 애한테 물어 보세요."

소년이 울먹이며 말했다. 그러자 안집 아줌마가 여자애를 돌아보며 물었다.

"저 애 말 너도 들었지? 재 말이 사실이냐?"

안집 아줌마가 여자애에게 물었다.

여자애는 안집 아줌마의 물음에 대답을 못하고 우물쭈물 머뭇거리며 어찌할 바를 몰랐다. 자기가 저지른 작은 일이 이렇게 커질 줄은 몰랐던 것이다. 자기 때문에 아무 잘못도 없는 소년이 자기 엄마한테 따귀를 맞고 곤란한 처지에 놓이자 겁부터 난 것이었다.

"말해 봐, 이것아."

가게 아줌마가 여자애를 채근했다. 구경하던 사람들이 모두 여자애의 답변을 기다리고 있었다. 여자애의 말 한 마디에 소년이 도둑 누명을 쓰든가, 아니면 억울하게 봉변을 당한 것이 판가름 나는 순간이었다.

"말 못해, 이것아! 저 애가 시켰지?"

가게 아줌마가 다시 여자애의 등짝을 한 대 후려치며 채근했다.

"아니에요. 쟤가 가지고 오라고 안 했어요."

말을 하고 여자애는 울음보를 터뜨렸다.

"뭐라고?"

여자애의 말에 여자애의 엄마가 어이가 없다는 듯이 입을 벌렸다. 안집 아줌마나 구경하던 사람들도 모두 여자애의 말을 듣고 어이없어 했다.

소년이 잘못이 없다는 것이 밝혀졌다. 하지만 그 일이 있고부터 여자애는 발길을 뚝 끊었다. 길거리에서나 학교에서 봐도 자기가 먼저 소년을 피했다. 제 딴에는 소년에게 미안해서 그러는 것인지, 자기네 엄마가 만나지 말라고 해서 그러는 것인지 알 수가 없었다.

그렇다고 소년이 여자애에게 가서 먼저 아는 체를 하기에도 뭐했다. 그 사건이 있고부터 소년은 더 말이 없어졌다. 누가 뭐라고 하면 간신히 대꾸만 할 뿐, 그 이상의 말은 하지 않았다. 대신 소년은 책 보는 일에만 몰두했다. 동화책이건 어른이 읽는 책이건 간에 눈에 보이는 대로 읽었다.

누나는 여전히 늦게 들어왔다. 그리고 전에 없던 남자친구까지 집으로 데리고 왔다. 누나의 남자친구는 물론 애인이겠지만, 키가 크고 얼굴색이 흰 사람이었다. 그 사람은 소년을 살갑게 대했다. 오기만 하면 이것저것 말을 시켰고, 뭐가 먹고 싶으냐고 물으면서 먹을 것을 사다주기도 했다.

그러나 소년은 누나의 애인이 오는 것이 달갑지가 않았다. 아무리 누나의 애인이 자기한테 잘해주려고 해도 싫었다. 누나는 자기 동생이 가겟집 여자애의 엄마한테 아무 잘못도 없이 곤욕을 당한 일을 알지 못했다. 소년이 말하지 않았기 때문이었다. 소년은 입이 무거웠다. 시시콜콜하게 누나에게 말하는 성격도 아니었지만 더군다나 나쁜 일은 더 얘기하지 않았다.

누나의 애인은 소년이 책 읽는 것을 좋아하는 것을 알고 올 때마다 책을 사들고 왔다. 어떤 때에는 자기네 집에 있는 책을 가져오기도 했다. 주로 세계명작 동화나 소설책 따위였다. 심지어는 어린아이가 보기에는 낯 뜨거운 천일야화라는 책도 가지고 왔다. 소년은 그런 책도 가리지 않고 읽었다. 학교에 갔다 와서 밖으로 나가 놀지 않는 소년에게 할 일이란 책 읽는 일밖에 없었다. 책이라도 읽지 않으면 하루를 보내는 일이 소년에게는 너무나 지루했다.

"염이야, 오늘 저녁에 우리 고기 구워먹자."

소년의 누나가 모처럼 일찍 집에 들어와서 소년에게 말했다. 그렇게 말하는 누나 손에는 장을 봐 온 물건들이 들려 있었다. 그리고 누나 옆에는 흰 얼굴의 애인도 헤벌쭉 웃으며 서 있었다.

"우리 오늘 저녁에 멋진 파티를 한번 해보자. 어때, 처남?"

누나의 애인이 소년에게 처남이라고 부르며 싱글거렸다. 소년은 누나의 애인으로부터 처남이라는 말을 처음 들었다. 그 사람은 소년을 부를 때 지금까지 이름을 불렀지 처남이라고 부른 적은 없었다. 그렇다면 누나는 이 사람과 결혼을 한다는 말인가. 처남이라는 호칭은 결혼을 한 남자가 결혼한 여자의 남자 동생을 부를 때 사용하는 호칭이었다.

"어때? 처남이라고 부르니까?"

누나의 애인이 소년을 보고 계속 싱글거리며 물었다.

"그래, 이제 이 사람이 앞으로 너에게 처남이라고 부를 거야. 너도 괜찮지?"

누나가 옷을 벗어 옷걸이에 걸며 애인의 말을 거들었다.

"……."

소년은 누나의 말에 아무 대꾸도 안 했다. 갑자기 처남이라니 소년에게는 낯선 말이었다.

"염이야, 누나 이 사람하고 결혼할 거야. 그러니까 지금부터 처남이라고 불러도 괜찮은 거야. 처음 듣는 처남이라는 말에 네가 낯설고 어색한 모양인데 자꾸 들으면 괜찮아."

누나가 소년의 마음을 이해한다는 듯이 말했다. 그러나 소년은 처남이라는 말이 낯설어서가 아니었다. 누나가 흰 얼굴의 사람과 결혼한다는 사실이 낯선 것이었다.

솔직히 소년은 흰 얼굴의 사람과 누나가 결혼하는 것을 원하지 않았다. 소년이 보기에 흰 얼굴의 사람은 누나의 결혼 상대자로 좋다는 생각이 안 들었다. 딱히 좋지 않다는 이유를 댈 수는 없지만 느낌상으로 좋아 보이지가 않았다. 그러나 선택은 누나가 하는 것이다. 소년은 누나의 결혼에 가타부타 말할 수가 없었다.

모처럼 저녁 밥상은 풍성했다. 화덕을 방으로 들여와 숯을 피우고 고기를 구웠다.

"많이 먹어."

누나가 연신 고기를 구워 소년의 밥그릇 위에 놓아주었다. 소년은 고기 몇 점을 먹었으나 이내 느끼해져서 더 먹을 수가 없었다. 고기도 자주 먹어 본 사람이 많이 먹는 법인데, 소년은 일 년 가야 두세 번 먹으면 잘 먹었다. 그것도 추석이나 설 명절 때였다.

흰 얼굴의 누나 애인은 고기를 잘도 먹었다. 누나는 자기는 먹지 않으면서 자꾸 고기를 구워서 소년과 애인의 밥그릇에 놓아주기 바빴다.

"누나, 누나도 먹어."

소년이 누나가 안쓰러워 말했다.

"그러지, 자기도 좀 먹지."

소년이 말하자 아귀아귀 고기를 먹던 누나의 애인이 마지못해 한마디 거들었다.

"괜찮아요. 어서 들어요. 염이야, 너도 어서 많이 먹어. 고기를 많이 먹어야 키도 크고 몸도 튼튼해지지."

그러면서 누나는 고기를 집어 자꾸 소년의 밥그릇에 놓아주었다.

"누나, 됐어. 그만 먹을래. 누나, 그런데 이상하게 아까부터 머리가 아프고 속이 안 좋아."

소년은 조금 전부터 머리가 띵하고 속이 안 좋았다. 고기를 잘못 먹어서 그런가보다 하고 고기를 더 이상 먹지 않았다.

"그래? 그래서 그런지 나도 머리가 약간 어지러운 느낌이 드는데. 자기는 어때요?"

누나가 머리를 만지며 누나의 애인에게 물었다.

"어, 나는 괜찮은데. 연기가 나서 그런가? 그럼 문 좀 열지."

방문을 활짝 열었다. 부엌문도 활짝 열었다.

소년은 밥상에서 떨어져 앉았다.

"왜, 더 안 먹어?"

"응, 난 다 먹었어."

"지금도 머리가 아프고 속이 안 좋니?"

누나가 걱정스런 얼굴로 소년을 돌아보며 물었다.

"응."

소년이 얼굴을 찌푸리며 대답했다.

"그럼 누나가 돈 줄 테니까 약국에 가서 활명수 사 가지고 와."

그러면서 누나는 지갑에서 돈을 꺼내 소년에게 주었다. 소년은 돈을 받자 밖으로 나왔다. 밖으로 나온 소년은 몇 걸음 걷지 못하고 바닥에 주저앉았다. 밖으로 나와 바깥 공기를 쐬자 갑자기 현기증이 일어났기 때문이었다.

나중에 안 일이지만, 방 안에서 숯을 피워 고기를 굽는 과정에서 일산화탄소가 나와 중독이 된 것이었다.

MOK'09

소년, 시골집으로 내려가다

누나가 흰 얼굴의 남자와 결혼을 했다. 결혼을 한 누나는 다니던 직장도 그만두었다. 그리고 결혼한 남자, 이제는 매형이 된 사람의 집으로 들어가 살게 되었다. 그래서 소년은 어쩔 수 없이 시골집으로 내려갈 수밖에 없었다.

누나하고 3년을 살았던 도시에서의 생활은 끝났다. 소년은 6학년이 되었다. 소년은 기차를 타고 통학했다. 소년이 사는 도원에서 학교가 있는 도시까지는 기차로 40여 분이 걸렸다.

소년은 날마다 하루 두 번 기차를 타고 학교를 오갔다. 집에서 나와 기차를 타는 간이역까지는 걸어서 20여 분이 걸렸다. 기차가 연착을 하는 날이면 지각이었다. 기차는 가끔 연착을 했다. 어떤 때에는 10여 분, 길게 연착할 때에는 30여 분씩 했다.

봄, 여름에는 기차 통학을 할만했다. 그러나 여름에 비 올 때나 겨울 추운 때에는 보통 고역이 아니었다. 비만 왔다 하면 신발에 붉은 흙이 눌어붙어 신발 꼴이 말이 아니었다. 신발만 봐도 금방 시골뜨기라는 것이 드러났다.

겨울에는 추위 때문에 보통 고생이 아니었다. 새벽같이 일어나 밥을 먹고 20여 분을 걸어가는 정거장은 허허벌판에 있었다. 임시 간이역이라 바람막이 하나 없는 곳이었다. 그런 곳에서 발을 동동거리며 기차가 오기를 기다렸다.

그래도 소년은 엄마 곁에서 학교를 다닐 수만 있다면 얼마든지 참을 수가 있었다. 정작 참기가 괴로운 것은 의붓아버지의 구박이었다. 그리고 학교에서의 기성회비 독촉이었다. 그러나 그런 것들은 소년이 어떻게 해결할 수가 없는 문제였다. 소년은 그래도 집이 좋았다. 엄마가 있었기 때문이었다.

소년은 틈만 나면 산이나 들판으로 나갔다. 산에 가면 꽃이 있어 좋았다. 봄에는 진달래, 붓꽃, 아기똥풀, 양지꽃, 제비꽃, 조개나물, 할미꽃, 산벚꽃을 볼 수 있었고, 여름에는 꿀풀, 노루오줌, 도라지, 마타리, 무릇, 벌개미취, 산수국, 엉겅퀴, 왕고들빼기, 원

추리, 참나리, 패랭이가, 가을에는 구절초, 산국, 쑥부쟁이, 용담, 억새를 볼 수 있었다.

들판에도 자주 나갔다. 마을 아이들과 나가는 경우도 있었지만 혼자서도 자주 나갔다. 들판에는 놀이할 것이 많았다.

개울이나 못에는 여러 종류의 물고기들이 살았다. 참게나 갈게도 있었다. 소년은 개울에 들어가 손으로 물가나 물풀 사이를 손으로 더듬어 고기를 잡았다. 주로 붕어였고 간혹 빠가사리나 메기도 잡았다. 그리고 게 구멍을 쑤셔서 그 속에 들어 있는 참게도 잡았다.

물고기는 주로 마을 아이들과 잡았다. 잡아 온 고기를 엄마에게 갖다 주면 붕어조림이나 매운탕을 끓여 주었다. 잡은 고기로 마을 아이들과 뒷동산에 올라가 매운탕을 끓여 먹기도 하였다. 그러려면 각자 집에서 매운탕 끓일 것을 나눠서 가져와야 했다. 집에서 솥이나 고추장, 라면이나 국수, 수저나 젓가락 같은 것을 가지고 왔다. 고추나 파, 호박 따위는 즉석에서 남의 밭에 들어가 서리를 해서 썼다. 아이들과 산에서 끓여 먹는 매운탕은 정말 맛있었다. 서로 많이 먹으려고 그 뜨거운 것을 정신없이 먹었다. 소년은 주로 국수나 라면만 건져 먹었다. 붕어나 미꾸라지가 보이면 건져서 다른 아이들을 주었다.

들판에는 들에만 피는 꽃도 있었고, 새도 있었다. 민들레와 토끼풀, 자운영, 물옥잠, 부들이었다. 억새, 갈대, 코스모스, 구절초, 쑥부쟁이 들은 가을에 피는 대표적인 꽃이었다.

소년은 이런 꽃들을 관찰하는 것을 좋아했다. 그리고 새도 좋아했다. 들판에는 백로, 왜가리, 황로, 청호반새, 물총새, 뜸부기, 쇠물닭, 논병아리 들이 있었다. 그리고 갈대 사이를 날아다니고 집을 짓는 개개비도 있었다.

못에는 여러 종류의 물풀과 창포, 줄, 물옥잠도 있었다. 소년은 줄을 뽑아 줄기 속에 연한 것을 꺼내 먹었다. 부드럽고 달콤하고 향긋한 맛이 났다. 줄은 못가에 무리를 지어 자라고 있었다. 과자나 사탕 같은 군것질거리가 없는 시골 생활에서 이런 것들은 소년의 입을 즐겁게 해주는 먹을거리였다.

소년이 이렇게 줄곧 놀기만 한 것은 아니었다. 시골이기 때문에 자고 새면 일이었다. 소년은 엄마나 의붓아버지를 따라 논이나 밭에 나가 일을 했다. 주로 논에서는 의붓아버지와 일했다. 못자리서부터 모내기와 피사리 그리고 논매기, 농약뿌리기 및 벼 베기와 탈곡까지 논농사의 전 과정을 다했다.

밭일은 주로 엄마하고 가서 했다. 밭일이란 것이 주로 밭매기였다. 농사는 풀과의 전쟁이었다. 밭을 매주고 사나흘이 지나면 풀들이 자랐다. 고추밭이나 콩밭 모든 밭에는 풀들이 왕성하게 자랐다.

한여름 푹푹 찌는 더위에 고추밭 매기는 여간 고역이 아니었다. 그래도 소년은 덥다고 해서 일을 안 할 수가 없었다. 일을 안 하겠다고 꾀를 피우지도 않았지만, 그랬다가는 의붓아버지의 구박과 성화를 배겨낼 수가 없었다.

일을 한 날은 의붓아버지의 구박이 좀 덜했다. 그날만은 너그러워졌다. 그러나 원체 변덕이 심한 사람이라 언제 어느 때 또 마음이 바뀌어 구박을 할지 몰랐다. 그래서 소년은 일을 안 하는 날은 집에 잘 있지 않았다.

그렇다고 마을 친구들과도 잘 어울리지 않았다. 마을 친구들은 아직 어린 나이인데도 못된 짓을 많이 했다. 남의 집 과수원에 들어가 복숭아나 자두, 배 따위를 서리해서 먹었고, 심지어는 읍내에까지 나가 가겟집 물건들을 훔쳤다.

또한 자기 아버지 담배를 훔쳐내어 모여서 피우기도 했다. 그것도 아주 능숙하게 코로 연기를 내가면서 피웠다. 소년은 이런 것도 전혀 안 했다. 그러다보니 마을 친구들도 소년과 어울리려 하지 않았고 소년 또한 이들과 어울리지 않았다.

소년은 주로 혼자 지냈다. 그래서 주로 산과 들로 나갔다. 산과 들에는 꽃과 나무와 새와 물고기가 있었다. 이들이 모두 소년의 친구였다.

모가 한창 자라는 이맘때쯤에는 저녁나절로 뜸부기가 논에서 울었다. 소년은 뜸부기 울음소리가 나면 방 안에 있다가도 밖으로 나갔다. 이상하게 뜸부기 울음소리는 소년의 마음을 설레게 했다. 또 이때쯤이면 벼의 줄기가 무성하게 퍼지는 때라 그와 때를 맞춰 논에 난 김을 매줘야 했다. 김은 대개 세 번까지 매는데, 이 일이 원체 힘이 들어 주로 두 번까지 매는 경우가 많았다.

애벌김은 어른들이 논김을 메는 호미로 논바닥을 뒤집어주었다. 그러면 이미 난 김은 흙 속에 묻히게 되고, 나오려고 하는 김은 못 나오게 하는 효과가 있었다. 뜨거운 여름 햇볕이 쨍쨍 내리쬐는 논에서 김을 매는 일은 여간 힘들지가 않았다. 그래서 어른들은 점심을 먹고 나서 낮잠을 한잠 자고 다시 일을 시작했다.

일하는 짬짬이 막걸리를 마시는 일도 거르지 않았다. 막걸리는 출출한 배를 채워주기도 했고, 알딸딸한 술기운은 힘든 일을 잊게도 했다. 힘든 일을 잊게 하는 또 다른 방법은 일하면서 소리를 하는 것이었다. 소리 중에도 토속소리라는 것이 있는데, 이 소리는 특별히 논의 김을 매면서 부르는 소리였다. 대체로 이런 소리들은 걸판지면서도 가락이 애처로웠다. 특히 토속소리는 의붓아버지가 잘 불렀다.

의붓아버지는 막걸리가 한잔 들어가 기분이 알딸딸해지면 일하는 일행들에게 선창을 했다. 한 열댓 명이 되는 농부들이 논에서 김을 매면서 부르는 소리는 넓은 들판을 지나 마을까지 들려오기도 했다.

"이편저편 좌우편 굼방임네~"

의붓아버지가 일행들에게 분위기를 잡았다. 그러면 일행들은 모두 한목소리로 크게 "예~" 하고 대답한다. 그러면 의붓아버지는 그 대답을 신호로 소리를 매기면 일행들은 후렴을 매겼다.

"자, 오늘 날도 선선하구 김도 맬만하고 막걸리 동이나 먹었으니 옛날 옛적 노인네 하시던 두레소리 우럭우럭 해 보십시다~"

이렇게 한없이 늘어지는 소리가 논바닥에 벼와 함께 너울거리는 광경은 평화스러웠다. 그러나 이런 평화스러운 정경 속에는 농사일의 고달픔과 삶의 애환이 묻어 있었다.

"에~이 에에 에 ~~에이에, 에~이 에에 에 어히, 쫘~아~이~이 이히요 오~오호오~~~

에~이 에에 에 ~~에이에, 에~이 에에 에 어히, 쫘~아~이~이 이히요 오~오호오~~~"

"요 내 춘색은 다 지나를 가고~ 에~이 에에~~~

황국 단풍이 돌아를 오네~ 에~이 에에~~~

잉헤~헤~~ 에히에, 잉헤~에~리, 사두여~

사두여 소리로 또 넘어를 갔네~"

(*고양시 송포 대화리에 전해 내려오는 농요 중에서 인용)

토속소리는 저녁 이울기까지 들판에 울려 퍼졌다. 의붓아버지가 소리를 쉬면 그 뒤를 이어 다른 사람이 소리를 이었다. 그렇게 농부들은 힘든 농사일을 소리로써 풀었다.

하루의 일을 마친 의붓아버지는 술에 취해서 돌아왔다. 그러면 그때부터 소년은 긴장이 되었다. 괜히 의붓아버지의 눈에 잘못 띄었다가는 애꿎은 시비의 대상이 되었기 때문이었다. 그래서 소년은 될 수 있으면 의붓아버지의 눈에 띄지 않기 위해 노력했다.

"염이야, 네 아버지 오신다. 어서 네 방으로 들어가거라."

엄마가 의붓아버지가 오는 것을 보고 소년에게 말했다. 의붓아버지는 술에 취해 건들건들 몸을 제대로 가누지 못하면서 집으로 돌아왔다. 걸음을 걸으면서도 계속 흥얼흥얼 노래를 불렀다. 이때의 흥얼거리는 노래는 소리가 아니라 민요였다. '창부타령'이나 '노세 노세 젊어서 노세' 따위의 타령조였다.

낮에 그토록 소리를 했으면서도 지치지도 않는 모양이었다. 소년은 자기 방으로 건너갔고, 소년의 엄마가 불만에 찬 목소리로 투덜거리며 의붓아버지를 배웅하러 대문 밖으로 나갔다. 집에 들어온 의붓아버지는 소년의 엄마를 붙잡고 한참이나 잔소리를 늘어놓았다. 그러면 소년의 엄마는 건성으로 대꾸를 하고 어서 자라고 이부자리를 깔아주었다. 혼자 이야기를 하고 노래를 흥얼거리다가 순간 조용해진다. 그러면 의붓아버지는 잠이 든 것이다.

그때서야 소년은 방을 나와 바깥으로 나간다. 저녁을 먹고 이웃 사람들은 정자나무 밑으로 나와 도란도란 이런저런 이야기를 나누었다. 주로 농사일에 관한 것과 이웃집 혼사 이야기며 마을 안의 크고 작은 일들에 대한 이야기였다.

의붓아버지가 잠이 들고 집안이 조용해지자 엄마가 밖으로 나왔다. 밖으로 나온 엄마는 돼지우리와 소 외양간에 가서 모깃불을 놓았다. 작년에 널어 말린 쑥대와 풀, 왕겨를 태우는 것이었다. 돼지와 소도 모기와 파리가 달려드는 것이 귀찮고 가려운지 연방 꼬리로 모기와 파리를 쫓았다. 파리와 모기가 왕왕 대는 소리가 마치 바람소리 같았다.

쑥대 타는 냄새가 섞인 연기가 마당 가득 퍼졌다. 모기와 파리는 쑥 냄새를 싫어하는 것인지, 연기 자체를 싫어하는 것인지 사방팔방으로 어지럽게 날았다. 소년은 연기 속에서도 파리채를 가지고 돼지 몸에 붙어 있는 파리와 모기를 연방 잡았다.

"됐다. 한동안은 모기와 파리가 덤벼들지 않을 것이다. 염이야, 더운데 우리 목욕하러 가자."

소년의 엄마가 소년에게 말했다. 그렇잖아도 소년은 목욕을 하러 갈 생각이었다. 여름밤이면 소년은 엄마와 함께 집 앞 개울로 가 목욕을 하였다. 소년의 집 앞에는 농수로가 있었다. 제법 넓은 농수로에는 물이 많아 낮에는 마을 개구쟁이들이 멱을 감고 놀았고, 마을 아줌마들은 빨래도 하고, 어른이나 아이들은 그곳에서 고기도 잡았다.

농수로의 물은 양수장에서 커다란 모터로 물을 퍼낸 것으로 벼농사에 필요한 논물을 공급하였다. 물은 강물을 끌어들였다. 그리고 그 물을 중간 중간에 있는 양수장에서 다시 다른 곳으로 공급하였다. 그런데 가끔 물을 푸지 않는 날이 있었다. 이런 날은 농수로 물의 양이 그리 많지 않았다. 그래서 농수로의 중간 중간을 막아 물을 퍼내고 그 안에 갇혀 있는 고기를 잡기도 했다. 농수로 바닥에는 물풀이 적당히 있어 붕어와 미꾸라지, 버들붕어 들이 서식했다. 간혹 참게도 눈에 띄었고 메기, 빠가사리도 있었다.

"염이야, 이리 와라. 엄마가 등 밀어줄게."

소년의 엄마가 물에 몸을 잠그며 말했다.

"괜찮아요, 엄마."

소년이 물속을 자맥질하며 말했다.

물속에 있으면 가끔 물고기들이 몸을 톡톡 부딪치며 지나갔다. 아마 붕어나 미꾸라지가 그러는 것일 것이다. 그러면 소년은 재빠르게 손으로 물을 움켜잡았으나 고기는 잡히지 않았다.

어두운 밤에 농수로에서 목욕을 하다 물을 보면 왈칵 무서운 생각도 들었다. 징그러운 물뱀이나 뭐 이상한 것이 고추나 따가지 않을까 하는 괜한 생각이었다. 컴컴한 물속을 들여다보면 정말 그런 무서운 생각이 드는 것이었다.

소년과 엄마는 시원하게 목욕을 하고 집으로 돌아왔다. 어두컴컴한 집 안에서는 의붓아버지의 코 고는 소리만 들렸다. 소년은 자기 방인 사랑방으로 들어갔다. 모기장을 쳐놓은 방이었다. 소년은 모기장 속으로 들어가 불을 끄고 누웠다. 방금 목욕을 해서 개운해진 몸이라 한결 잠이 솔솔 잘 왔다.

복숭아 서리

소년의 집 주변으로는 포도밭과 배밭 그리고 조금 떨어진 곳에는 복숭아밭이 있었다. 그래서 봄이면 하얀 배꽃과 붉은 복숭아꽃이 흐드러지게 피었다. 과수원은 소년네 과수원이 아니었다. 친척집 과수원이었다. 소년네 집하고는 육촌뻘이 되었다. 소년과는 친 육촌이 아니었고 의붓아버지와 친척이었다. 아무튼 촌수로는 소년과는 육촌뻘이고 의붓아버지와는 오촌 간이었다.

배꽃과 복숭아꽃이 어우러진 집 주변의 봄 풍경은 한 폭의 그림처럼 아름다웠다. 그에 더해 꽃향기가 바람에 날리고 꽃을 따라 벌과 나비가 날아다니는 풍경 또한 평화로워 보였다.

여름이 되면 포도가 익는 달콤한 냄새가 사방에 진동을 하였다.

포도의 향긋하고 단 냄새였다. 포도의 단 냄새는 소년의 입맛을 유혹하였다. 소년은 포도밭 주위에 서서 포도의 단 냄새를 코로 킁킁거리며 맡았다. 실제 먹을 수는 없어도 냄새만으로도 포도의 달고 새콤한 맛을 상상해 볼 수 있었다.

소년은 집 주위에 과수원이 있어도 한 번도 주인 몰래 들어가 따 먹지 않았다. 가끔 과일을 따는 과수원 주인이 과일 중에 벌레가 먹은 거라든가 흠집이 난 것을 먹으라고 주었다.

한참 단내를 풍기고 익어가는 과일들은 마을 아이들에게 참지 못할 유혹이었다. 그래서 아이들은 주인 몰래 과일 서리를 하였다. 그래서 과수원에는 이런 아이들로부터 과일을 지키기 위한 원두막이 있었다.

과수원을 지키는 사람은 늙은 할머니였다. 할머니는 연세가 80이 넘으신 꼬부랑 할머니셨다. 할머니는 허리가 굽어 다니실 때에는 지팡이를 짚고 다니셨다. 그런 할머니시지만 아이들이 과수원 곁에 얼씬만 거려도 지팡이를 치켜들고 소리를 질러 아이들을 쫓아내셨다.

"네 이놈의 자식들, 어디서 얼씬거리냐? 어서 저리 가서 놀지 못해!"

이렇게 소리를 지르고 아이들이 있는 곳으로 비척거리며 오셨다. 그러면 아이들은 그런 할머니를 보고 꽁지가 빠져라 달아났다.

그러던 어느 날이었다. 마을에서도 유난히 말썽을 피우는 몇몇 아이들이 작당을 하였다. 단 냄새를 풍기는 과일이 눈에 보이는데, 그걸 그냥 보고 넘길 아이들이 아니었다. 아무리 할머니가 원두막에서 망을 보아도 아이들의 먹고 싶은 마음을 막을 수가 없었다. 아이들은 할머니의 눈을 피하여 서리를 하기로 모의하였다.

그 모의에 소년도 끼게 되었다. 예전에 없던 일이었다. 소년 역시 단내가 물씬 나고 탐스러워 먹음직도 한 복숭아를 그냥 보기만 하기에는 견디기가 힘들었다. 그렇다고 비싼 복숭아를 사서 먹을 집안 형편도 아니었다. 설령 형편이 된다 하더라도 복숭아를 사서 먹을 생각은 아예 하지를 못했다.

과수원집에서 복숭아를 따다가 파치가 나 팔 수 없는 것을 줘서 한두어 번 먹어봤지만, 그거 가지고는 성이 차지가 않았다. 향긋하고 달콤한 복숭아 맛의 유혹을 소년도 물리치지는 못했다. 그래서 마을 아이들의 서리 모의에 끼게 되었다.

한밤중이었다. 자정 12시에 복남이네 집에 아이들이 모였다.

평소 같았으면 그 시간에 다들 잠에 곯아떨어질 시간이었다. 그러나 작당한 아이들은 한 명도 빠지지 않고 모였다. 복남이, 수길이, 보성이, 소년, 이렇게 네 명이었다.

"야, 다 왔지?"

복남이가 아이들을 둘러보며 물었다.

"응, 다 왔어."

아이들은 무슨 큰일이라도 하려는 사람처럼 결의에 찬 얼굴로 대답했다.

"자루는 준비했냐?"

"응, 여기 있어."

보성이가 집에서 가져온 사료포대를 들어 보였다.

"야, 그럼 됐다. 너희들 걸리면 반 죽으니까 조심해야 하고, 들켰다 하면 삼십육계 줄행랑 쳐야 돼."

복남이가 대장처럼 아이들에게 주의를 주었다.

"복숭아 너무 많이 따지 말고 먹을 만큼만 따자."

소년이 아이들에게 한 마디 했다.

"야, 인마. 이왕 서리하려면 잔뜩 따야지. 먹을 만큼만 따냐?"

보성이가 나무라듯 소년을 윽박질렀다.

"많이 따다 걸리면 어떻게 해?"

"아 자식, 겁도 되게 많네. 너 겁나면 빠져."

복남이가 눈을 부라리며 볼멘소리를 내질렀다.

"그게 아니고……"

소년이 복남이의 말에 말끝을 흐렸다.

"지금이라도 겁나는 사람은 빠져."

복남이가 다시 아이들을 둘러보며 말했다.

"빠질 사람은 염이밖에 없어. 잰 생전 이런 일에 안 끼더니 오늘은 웬일이래."

수길이가 소년을 돌아보며 빈정거렸다.

"염이야, 너 갈 거야, 말 거야?"

다시 한 번 복남이가 소년에게 물었다.

"갈 거야."

소년이 결심을 하고 말했다.

네 아이는 집을 나와 어둠 속으로 걸어갔다. 사방은 한 치 앞을 못 볼 정도로 어두웠다. 밤하늘엔 달도 뜨지 않았고 별만 떠서 무심하게 반짝였다. 마을은 어둠 속에 곤히 잠들어 있었다. 가끔 생각난 듯이 개가 짖었다.

"저 짖는 개, 너네 똥개지?"

복남이가 어둠 속에서 수길이를 돌아보며 물었다.

"아냐, 인마."

수길이가 복남이의 등을 때리며 말했다.

"야, 조용히 가. 그러다 사람들 눈에 띄면 괜히 의심 받는단 말이야."

보성이가 아이들을 나무랐다.

"조금만 가면 다 왔어. 니들 절대 떠들면 안 돼. 할머니가 잠도 안 자고 지키니까 조용히 들어가서 따야 돼."

복남이가 복숭아밭이 가까워오자 다시 아이들에게 주의를 주었다.

"야, 염이야. 넌 인마, 내 옆에 붙어 있어."

눈앞에 어슴푸레 복숭아밭이 보였다. 발길에 밤에 내린 이슬이 채여 축축했다. 저 멀리 원두막에서 희미한 불빛이 새어 나왔다.

"야, 조용히 들어가서 익은 거로만 따. 딸 때 소리 안 나게 살살 따고."

복남이가 목소리를 낮춰 아이들에게 다시 주의를 주었다.

"야, 어두워서 뭐가 보여야지."

보성이가 성큼 복숭아밭으로 들어가며 불평을 했다.

"이 자식아. 봉지를 씌워서 희끗희끗한 게 보이잖아. 그게 복숭아잖아. 만져 봐서 약간 말랑거리는 거를 따. 아무거나 막 따지 말고."

아이들은 제각기 복숭아밭으로 들어가 복숭아를 따기 시작했다.

"야, 여기 많이 달렸다. 이리 와."

"야, 조용해!"

"아, 따가! 복숭아털 때문에 따가운데."

아이들은 복숭아를 따면서 한시도 입을 놀리지 않고 종알거렸다. 소년은 아무 말도 않고 복숭아나무를 더듬어 손에 잡히는 복숭아를 땄다. 봉지를 씌운 복숭아는 눈에 보이지 않았으므로 손으로 만져 보아 느낌으로 익은 것을 구분하였다.

"야, 이제 그만 가자."

소년이 사료포대를 들어보며 말했다. 사료포대는 네 아이가 딴 복숭아로 묵직했다.

"조금만 더 따."

복남이가 어둠 속에서 이를 드러내며 말했다. 그날 저녁 복숭아

서리를 한 일당들은 복남이네 집 사랑채에서 따온 복숭아를 배가 터지게 먹었다. 그러고도 남은 복숭아는 감춰 두었다가 다음 날 먹기로 하였다.

다음 날 아침 일어나 보니 소년의 몸 여기저기가 울긋불긋하였다. 복숭아털로 인한 것이었다. 소년은 엄마에게 말도 못하고 가려워서 몸을 북북 긁었다. 복숭아 서리에 성공해서 엊저녁 복숭아를 배가 터지게 먹었지만 소년의 마음은 편치가 않았다. 서리도 도둑질과 다름없는 일이었기 때문이다. 소년은 다시는 두 번 다시 서리 같은 짓은 하지 않겠다고 마음을 먹었다.

여름 한낮의 불볕더위가 숨을 턱턱 막히게 했다. 소년은 아침나절에는 엄마와 함께 들깨밭에 가서 들깻잎을 땄다. 들깻잎은 사나흘 간격으로 땄다. 들깻잎을 따서는 마루에 펼쳐놓고 한 잎 한 잎 재었다. 한 묶음을 열 장씩 해서 실로 묶었다. 한 접은 백 묶음이었다. 이런 걸 하루에 이십 접에서 많으면 삼십 접까지 했다.

들깻잎은 이렇게 재어두었다가 밤에 오는 상인 차에 실려 보냈다. 그러면 그 다음 날 상인은 또 다른 깻잎이나 채소를 실으러 오면서 깻잎 대금을 주고 갔다. 오전 내내 소년과 엄마는 들깻잎을

따서 쟀다. 그리고 점심을 먹고 한 서너 시쯤 되면 마을을 한참 벗어나 있는 고추밭으로 가서 고추를 땄다.

소년은 여름방학 내내 논과 밭에서 일을 했다. 농사일은 애어른 구별이 따로 없이 누구나 해야 했다. 더위가 기승을 부리는 시간이 조금 지났다 해도 고추밭은 더운 기운으로 가득했다. 후끈후끈한 기운이 고추밭에서 일어났다. 그냥 가만히 서 있기만 해도 숨이 턱턱 막혔다.

"염이야, 고추 가지 부러지지 않게 조심해서 따라."

소년의 엄마가 소년에게 주의를 주었다. 고추 가지는 힘이 없어 조금만 힘을 주어도 뚝 하고 부러졌다. 고추는 매워서 병해충이 없을 거 같아도 의외로 병해충이 많았다. 특히 탄저병이라고 하는 병에 걸리면 고추는 싹 다 죽었다. 고추에게 있어 탄저병은 치명적인 병이었다. 이 병에 걸리면 고춧대가 말라죽고, 고추는 여기저기 반점이 생기면서 썩어버렸다. 고추 농사를 짓는 사람들이 제일 고심하는 병이 바로 탄저병이었다.

"고추 따고 나서 약을 뿌려야겠다."

엄마가 고추를 따면서 혼잣말하듯 말했다. 아직 소년네 고추는 탄저병이 발생하지 않았지만 탄저병은 생기기 전에 예방을 하여야 했다. 병이 생긴 다음에 약을 뿌리면 소용이 없었다.

"아유, 더워."

소년이 수건으로 얼굴을 훔치며 말했다. 땀이 흘러 눈이 다 따끔거렸다. 그런다고 손으로 얼굴의 땀을 닦아서는 안 되었다. 고추의 매운 기가 얼굴에 닿으면 얼굴이 화끈거리기 때문이었다.

고추밭 주변에 있는 산에서 매미와 쓰르라미가 쉴 새 없이 울었다. 귀가 다 멍멍할 정도였다. 하늘에는 구름 한 점 없고 햇볕만 쨍쨍 내리쬐었다. 소년이 고추를 따다가 잠시 허리를 펴고 마을 쪽을 보았다. 그랬더니 복남이와 수길이가 소년이 있는 곳으로 오는 것이 보였다.

한 손에 커다란 깡통이 들려 있고, 막대기로 풀숲을 헤치는 것을 보아 개구리를 잡는 모양이었다. 아이들은 가끔 개구리를 잡았다. 개구리를 잡아서는 끓여가지고 사료에 섞어 닭 모이로 주었다. 그러면 닭은 그걸 아주 잘 먹었다. 삶은 개구리가 섞인 사료를 먹은 닭은 잘 자랐다. 뿐만 아니라 살이 피둥피둥 찌고 달걀도 잘 낳았다. 그래서 어른들은 아이들에게 개구리를 잡아오라고 시켰다.

잡아 온 개구리를 솥에 넣고 끓이면 기름이 둥둥 뜨고 비린 냄새가 많이 났다. 그래서 소년은 비위가 상해 머리를 돌리고 코를 막았다. 아이들은 가끔 잡은 개구리의 뒷다리를 꼬챙이에 꿰어 불에 구워 먹기도 했다. 고소하고 맛이 좋다고 아이들은 잘도 먹었다. 그러나 소년은 먹지 않았다. 개구리를 잡아 땅바닥에 태질을 쳐 죽여 낫이나 칼로 몸뚱이를 댕강 잘라 버리는 모습은 끔찍했다.

어떤 아이는 구운 개구리 다리를 소금에 찍어먹기도 했다. 아이들이 하도 맛있다고 먹으라고 해서 한 번 먹어보다가 소년은 구역질을 했다. 비린 냄새도 냄새지만 징그러워서 도저히 먹을 수가 없었다.

"복남아!"

소년이 가까이 다가오는 복남이를 큰소리로 불렀다.

"저놈들 개구리 잡는 모양이구나. 허구한 날 개구리를 잡으니 개구리도 못살 일이다. 생명 있는 것은 아무리 미물이라도 소중하건만……."

소년의 엄마가 아이들을 힐끗 보더니 못마땅한 표정을 지으셨다.

"야, 더운데 고추 따는 거야? 안녕하세요?"

수길이가 소년을 보고 묻고는 소년의 엄마에게 인사를 했다.

"그래, 개구리 잡으러 나왔냐?"

소년의 엄마가 수길이의 인사를 받고 물었다.

"예."

"그래, 개구리 많이 잡았어?"

"많이 잡았어. 염이야, 고추 다 땄으면 이리 와라. 개구리 뒷다리 구워 먹게."

아이들이 소년에게 손짓을 했다.

"고추 아직 다 못 땄어. 그리고 난 개구리 뒷다리 안 먹어."

소년이 수건으로 얼굴의 땀을 닦으며 말했다.

"너 개구리 뒷다리가 얼마나 고소하고 맛있는데."

복남이가 개구리를 발견하였는지 막대기로 내리치며 말했다.

"너희들이나 먹어. 난 안 먹어."

"그래, 그럼. 수고해라."

소년에게 손을 흔들며 아이들은 다른 곳으로 옮겨갔다.

"엄마, 쟤들은 뱀도 구워 먹어."

아이들이 돌아가자 소년이 엄마에게 말했다.

"비위도 좋다. 넌 아예 그런 걸랑 먹지 말아라."

소년의 엄마가 눈살을 찌푸리며 말했다.

"엄마, 난 개구리 뒷다리도 안 먹어요."

"그래. 아무리 먹을 것이 없어도 사람이 먹을 것이 따로 있지. 어찌 그런 걸 다 먹는다니. 애들도 참 극성스럽기도 하다."

"쟤들은 엄마, 못 먹는 것이 없어요."

"글쎄 말이다."

소년과 엄마는 한나절 만에 고추를 다 땄다. 딴 고추를 자루에 넣고 리어카에 실었다. 40kg짜리 자루로 세 자루를 땄다.

방학은 방학이라 일을 하는 틈틈이 소년은 놀기도 했다. 마을 아이들과 어울려 노는 일이 가장 신나고 재미있었다. 여러 놀이 중에 개울에 가서 손으로 고기를 더듬어 잡는 것이 재미있었다. 개울 가장자리나 물풀이 있는 곳을 손으로 서서히 더듬어 붕어를 잡았다. 붕어가 손 안에 잡혀 파닥이는 감촉은 정말 좋았다. 고기를 담을 그릇이 없는 아이들은 강아지풀을 뽑아 아가미를 꿰었다.

더운 여름이라 잡은 고기는 쉬 상했다. 그래서 더운 한낮에 잡은 고기들은 상하여 버리기도 많이 했지만, 대부분 잡은 고기들은 집으로 가지고 갔다. 집으로 가져간 고기는 배를 따서 창자를 버리고 깨끗이 씻어 조림이나 매운탕을 끓였다. 그러면 밥반찬으로 요긴하게 식구들이 둘러앉아 먹었다.

이튿날은 옥수수밭으로 가서 옥수수를 땄다.

"잘 보고 여문 것으로만 따라."

소년의 엄마가 옥수수 대에서 옥수수를 꺾으며 말했다. 잘 익은 옥수수를 따려면 먼저 옥수수수염을 살펴야 한다. 수염이 약간 마르고, 옥수수를 둘러싼 몸통 껍질이 노란빛을 띠면 잘 익은 것이다. 그러지 않으면 몸통 껍질을 살짝 벗기고 안에 들어 있는 옥수수 알을 손톱으로 눌러보아 잘 익었나, 덜 익었나를 확인하고 따면 되는 것이다.

옥수수를 따다 보면 옥수수가 깜부기병에 걸려 옥수수 몸통이 까만 것이 보였다. 마치 석탄가루처럼 까만 가루가 잔뜩 묻어 있는 옥수수를 꺾어 아이들과 장난을 친 적도 있다. 까만 가루를 손에 묻혀 아이들의 얼굴에 묻히면서 노는 장난이었다. 얼굴에 까만 칠을 한 아이들은 서로 까만 가루를 아이들 얼굴에 묻히려고 이리저리 뛰어다녔다.

옥수수를 따서 집으로 돌아온 소년의 엄마는 옥수수와 감자를

한 솥 쪘다. 한동안 뜸을 들인 다음 엄마는 찐 옥수수와 감자를 소쿠리에 담아 내왔다.

"염이야, 옥수수 먹어라."

어느새 옥수수 한 자루를 들고 뜯어먹으며 엄마가 소년에게 말했다.

"야, 맛있겠다."

김이 무럭무럭 나는 옥수수를 보며 소년이 말했다. 소년은 알이 가지런히 난 옥수수를 한 개 집어 들었다. 노랗고 자잘한 알이 빼곡히 들어찬 옥수수는 차지고 달고 고소하고 맛있었다.

"아, 맛있다."

소년이 옥수수를 입으로 뜯으며 말했다.

"맛있지? 우리 집 옥수수는 유난히 달고 맛있어."

소년의 엄마가 연신 옥수수를 입으로 뜯으며 소년을 보고 말했다.

"엄마, 단호박도 익었어요. 다음엔 단호박 쪄서 먹어요."

"그래, 아까 보니까 단 호박도 잘 익었더라. 다음에 쪄 먹자. 여름에는 이런 먹을거리들이 많아서 좋구나."

소년의 엄마가 흡족한 웃음을 지으며 말했다.

소년은 옥수수를 먹고 나서 낫을 들고 밭으로 나갔다. 옥수수 대를 베어 대에 있는 즙을 빨아 먹기 위해서였다. 옥수수 대를 적당히 잘라 껍질을 벗기고 씹으면 달착지근한 즙이 나왔다. 옥수수 대는 즙이 많아 아이들은 곧잘 옥수수 대를 베어 즙을 빨아 먹었다. 즙은 달착지근해서 먹을 만했다. 단 것은 사탕수수 이상으로 달았다.

소년은 옥수수 대를 살펴보고 몸통이 약간 붉은빛이 도는 것을 골랐다. 그러고는 낫으로 베었다. 베어낸 옥수수 대는 잎을 다 떼어내고 적당한 크기로 잘라야 했다.

“이거 아주 달겠는데…… 악!”

소년이 옥수수 대를 손질하다 갑자기 비명을 질렀다. 그러면서 낫과 옥수수 대를 팽개치고 손을 부여잡았다. 부여잡은 손가락 사이로 피가 흘러나왔다.

“아, 엄마! 엄마!”

소년이 엄마를 부르며 집 안으로 뛰어 들어갔다. 부엌에 있던 엄마가 소년의 외침에 깜짝 놀라 뛰어나왔다.

“무슨 일이야? 아니 너……”

소년의 엄마가 소년의 손을 보고 놀라서 말을 못했다.

"낫으로 베었어요……."

소년이 울상을 지으며 말했다.

"어디 보자. 어디를 얼마나 베었나……."

소년의 엄마가 소년의 손을 들여다보았다. 피는 계속 흘러내렸다.

"아이구, 많이도 베었네. 이놈의 자식아, 배부르게 옥수수 먹었으면 됐지, 옥수수 대는 뭐하러 베다가 이 지경이 됐냐?"

소년의 엄마가 소년의 베인 손을 보고 깜짝 놀라며 말했다. 손의 베인 부위는 검지손가락 뼈가 보일 정도로 깊었다.

"아이구, 이를 어쩐다냐? 약도 없고. 가만 있거라."

소년의 엄마는 방으로 급히 뛰어 들어가 광목 자락을 찢어가지고 나왔다. 그러고는 그것으로 피가 줄줄 흐르는 소년의 손을 칭칭 감았다.

"명수네 집으로 가자. 명수네 아버지가 이런 걸 잘 보니까 어떻게 해 줄 거다."

누나가 돌아오다

긴 여름방학이 끝났다. 소년과 아이들은 다시 학교를 다녔다. 소년과 마을 아이들은 방학 동안 놀기도 하고 일도 하고 했지만, 공부와는 아예 담을 쌓고 생활했다. 그렇다고 동화책이나 동시집을 읽은 것도 아니었다. 책하고는 거리가 먼 아이들이었고, 사실 책을 읽고 싶어도 마땅히 읽을 책이 없었다.

책이라면 오래된 책이 몇 권 있었다. 그것도 소년에게만 있는 책이었다. 그 몇 권 중 동화책은 방정환 선생님과 마해송 선생님의 동화집이었고, 동시집은 강소천 선생님과 이원수 선생님이 지은 것뿐이었다.

학교라고 해서 나을 것도 없었다. 도서실이 없다 보니 책도 없었다. 설령 읽을 책이 몇 권 있다 해도 책을 읽는 아이들은 거의 없었다. 책을 왜 읽어야 하는지에 대한 필요성을 교육 받지 못한 아이들이었다. 그런데다 당장 먹고살기 어려운 형편들이라 책을 읽을 마음의 여유도 없을 뿐더러 책을 사주는 집도 없었다. 그래서 대부분의 아이들은 농사일을 하든가, 아니면 밖에서 뛰어노는 일밖에 없었다.

그런데다 집집마다 돼지나 소를 길렀다. 이런 가축들은 마을 사람들의 큰 재산이었다. 가축을 키워 파는 것은 마을 사람들이 목돈을 만질 수 있는 유일한 길이었다. 물론 벼를 수확하여 벼 수매를 하면 목돈을 얼마간 만질 수 있었으나 그건 일 년에 한 번이었다. 그런데다 벼 수매를 하는 집은 그나마 논을 많이 소유한 몇몇 농가에 불과했다. 대부분의 농가는 벼농사를 지어 자기네 일 년 먹을 양식만 하면 다행이었다.

아이들은 날마다 소를 끌고 들로 나갔다. 들로 나간 아이들은 소를 메어놓고 꼴을 베었다. 소를 먹이고 꼴을 베는 일은 아이들에게는 하루 일과 중 중요한 일이었다.

소년네도 돼지 세 마리와 동부레기 소 한 마리를 길렀다. 동부레기 소는 얼마 전에 소년네 집에 다니러 온 외삼촌이 사주고 간 것이었다. 외삼촌이 사준 소는 뿔이 나려고 머리가 가려운지 외양간 벽에 머리를 자꾸 치받기도 하고 문질러 대었다.

외삼촌이 소를 사준 데에는 까닭이 있었다. 매형이 되는 의붓아버지의 비위를 맞추기 위해서였다. 매형이 자꾸 술을 마시고 엄마와 싸움을 하고 소년을 구박하니까, 엄마와 싸우지 말고 소년에게도 잘해주라는 뜻에서 소를 사주고 간 것이다. 외삼촌은 소를 사주고 가시면서 의붓아버지에게 간곡하게 당부를 하였다.

"매형, 서로 부부가 되셔서 사시니까 싸우지 말고 화목하고 행복하게 사세요. 매형은 술 좀 적게 드시고 여기 염이도 잘 대해 주시구요."

외삼촌이 의붓아버지를 보며 말했다. 그러자 의붓아버지는 천연덕스런 표정을 지으며 외삼촌의 말에 이렇게 대꾸했다.

"처남, 걱정하지 말게. 자네 누님은 내 마누라요, 염이도 내 자식인데 내가 어쩐다고 그러나. 그런 걱정일랑은 말고 자네 사업이나 잘해서 돈 많이 벌게."

그러면서 의붓아버지는 되레 외삼촌 사업 걱정을 하였다.

"그럼요. 그러셔야죠. 염이야, 저 소는 네가 잘 키우도록 해라. 앞으로 너 중학교 들어갈 밑천이 될 테니까."

외삼촌이 소년의 머리를 쓰다듬으며 당부했다.

저녁이 되자 살랑살랑 바람이 불었다. 소년은 저녁밥을 먹고 집 밖으로 나왔다. 포도밭에서 포도의 단 냄새가 솔솔 풍겨 왔다. 포도는 다른 과일과는 달리 유난히 단 냄새가 많이 났다. 그래서 벌도 많이 꾀었다. 꿀벌도 꾀지만 벌 중에서 말벌이 많이 날아왔다.

말벌은 몸집이 크기도 크지만 독침이 무서웠다. 그리고 이 벌은 먹성이 좋아 같은 종족인 꿀벌까지도 잡아먹는 무시무시한 벌이었다. 말벌은 포도에 앉아 포도의 단 즙을 빨아 먹었다. 그리고 여기저기 날아다니며 포도를 날카로운 이빨로 씹어놓아 포도를 못 쓰게 만들었다. 그래서 과수원을 하는 사람들이나 양봉을 하는 사람들은 이 말벌을 아주 싫어했다.

소년은 포도밭을 바라보며 포도의 단 냄새를 맡다가 집 안으로 들어갔다. 소 외양간으로 가서 모깃불을 피우기 위해서였다.

"염이야, 모깃불 좀 피워라. 소 모기 다 뜯기겠다."

엄마가 소년이 들어오는 것을 보고 소년에게 일렀다.

"예, 그렇잖아도 모깃불 놓으려고 그래요."

소년이 대답을 하고 외양간으로 갔다. 소는 여물통에 넣어준 여물을 나직나직 씹고 있었다. 돼지들은 꿀꿀대며 요란하게 짬밥을 먹느라 정신이 없었다. 소년은 헛간에 들어가 쑥대와 마른 풀을 한 아름 들고 와 땅바닥에 내려놓았다. 그리고 불을 붙였다. 연기가 모락모락 피어올랐다. 소년은 머리를 옆으로 돌리고 입으로 바람을 불었다. 그러자 마른 풀에 불이 붙었다. 어느 정도 불꽃이 일자 소년은 왕겨를 삼태기에 담아와 그 위에 살살 부었다. 그렇게 하면 왕겨는 늦은 시간까지 타면서 연기를 내었다.

"염이야."

소년이 불을 붙이고 뒤처리를 하고 있을 때 누가 소년의 이름을 불렀다.

"염이야, 나야. 누나야."

집 안에 들어서서 소년을 부른 사람은 뜻밖에도 누나였다.

"어, 누나!"

소년이 흠칫 놀라 누나를 불렀다.

"모깃불 놓고 있구나. 엄마 계시니?"

"응, 계셔."

누나는 큰 가방 하나와 작은 가방 하나를 들고 있었다.

"누나, 빨리 안으로 들어가. 그 가방 하나 나 줘. 내가 들고 갈게."

그러면서 소년은 누나에게서 큰 가방 하나를 받아들고 집 안으로 들어갔다.

"엄마, 엄마, 누나 왔어요!"

집 안으로 들어서며 소년이 소리쳤다. 누나는 소년의 뒤를 따라 집 안으로 들어왔다.

"어이구, 네가 어쩐 일이냐? 어서 와라. 저녁 안 먹었지?"

엄마가 두 팔을 벌리며 누나를 반가이 맞이했다.

"그동안 잘 계셨어요? 아버지는 어디 가셨나 봐요?"

누나가 집 안을 둘레둘레 둘러보며 엄마에게 물었다.

"네 아버지는 나가서 아직 안 들어왔다. 또 어디 가서 술 마시고 있을게다."

엄마가 안 봐도 뻔하다는 듯이 말했다.

"아직도 아버지는 약주를 많이 드세요?"

"그 버릇 누구 준다드냐. 허구한 날 술이다."

엄마가 한숨을 쉬며 말했다.

"가만 있자. 내가 이럴 게 아니지. 앉아 있거라. 내 금방 밥 차려 오마."

엄마가 허둥지둥 부엌으로 나갔다.

소년은 엄마가 부엌으로 나가자 조심스럽게 누나의 표정을 살폈다. 그런데 누나의 표정은 밝아 보이지가 않았다. 연락도 없이 밤에 불쑥 찾아온 것도 이상했다. 그리고 가방을 두 개씩이나 들고 온 것도 심상치 않았다. 무슨 일이 있긴 있는 모양이었다.

"자, 어서 먹어라."

잠시 후 엄마가 밥상을 차려왔다.

"예……."

누나가 밥상을 받으며 힘없이 대답했다.

"무슨 일이 있었냐? 최 서방은 잘 있구?"

엄마가 밥상머리에 바짝 다가앉으며 누나에게 물었다.

"……별일 없어요. 최 서방도 잘 있구요."

"근데 표정이 왜 그러냐?"

엄마가 근심스런 표정으로 누나를 바라보았다. 누나는 엄마의 말에 대답을 않고 젓가락으로 밥알만 세고 있었다. 그날 밤 엄마와 누나는 밤새도록 이야기를 나누었다. 이야기를 하는 틈틈이 화를 내는 소리가 들리기도 하고, 한숨 소리가 들리기도 하였다.

아침이 되자 엄마는 어젯밤 아무 일도 없었다는 듯이 하루 일과를 시작했다. 의붓아버지는 누나를 보고도 이렇다 저렇다 말이 없었다. 아침밥을 먹고 의붓아버지는 휭 하니 밖으로 나가고 소년과 엄마, 누나 세 식구는 들깨밭으로 나갔다.

들깻잎을 따면서도 엄마와 누나는 계속 이야기를 나누었다. 이야기의 내용도 어젯밤에 나눈 대화의 연속이었다.

"누나, 그럼 매형 집에서 나온 거야?"

소년이 궁금함을 못 이겨 누나에게 물었다. 누나는 햇볕에 얼굴이 탈까봐 수건을 두르고 그 위에 모자를 썼다. 그래서 누나의 얼굴은 잘 보이지가 않았다.

"응, 그렇게 됐어. 염이야, 미안하다."

누나는 소년의 물음에 미안하다는 말을 했다. 소년은 누나가 말하는 미안하다는 말의 뜻이 무엇인지 알 수가 없었다. 왜 미안하다고 하는 것일까.

"다른 사람들한테는 누나 얘기 절대 하지 말아라. 알았냐?"

엄마가 소년을 보고 말했다.

"염이야, 나 집에 며칠 있다가 다시 서울로 올라갈 거야."

누나가 소년을 보고 희미한 웃음을 지으며 말했다. 누나가 무슨 사정이 있어 집엘 왔건 소년은 좋았다. 세 식구 사는 단출한 집안이라 소년은 언제나 적적했다. 그런 참에 누나가 왔으니 소년은 이야기할 상대가 생겨서 좋았다. 누나도 어제와는 달리 오늘은 한결 생기가 돌았다. 집안일도 했고, 밭에서 하는 일도 했다. 깻잎과 고추 따기, 김매기와 같은 일도 했고, 소년과 같이 소 꼴 뜯기는 데도 따라갔다.

8월 말이 되자 더위도 한풀 꺾였다. 아침저녁으론 제법 선선한 바람이 불어왔다. 벼들도 점점 누런빛으로 바뀌어 갔다. 한결 살 것 같았다. 포도도 어느덧 끝물이었다. 복숭아도 늦은 복숭아 말고는 끝물이었다. 과일 중에는 배가 익어가는 때였다. 뒷동산에 알밤도 토실토실 여물어 가고 있었다.

소년은 알밤이 여물어 갈 때면 뒷동산엘 올랐다. 밤송이가 벌어져 떨어진 밤을 줍기 위해서였다. 밤을 줍는 재미는 무엇과도 비길 수가 없었다. 산에 오르면 밤사이 떨어진 밤이 여기저기 떨어져 있었다. 마을 사람들은 서로 먼저 주우려고 앞다퉈 동산으로 올라갔다. 동산은 개인 산이 아니고 나라 산이기 때문에 밤은 먼저 따고 먼저 줍는 사람이 임자였다.

"염이야, 염이 있냐?"

문 밖에서 누가 소년을 불렀다.

"누구니? 우리 염이 방에 있다. 들어와."

누나가 먼저 나가서 소년을 찾는 아이를 데리고 들어왔다.

"염이야, 우리 오늘 밤에 게 잡으러 가자."

찾아온 아이는 마을 아이들 중 소년과 가장 친한 명수였다.

"근데 게가 벌써 올라왔을까?"

소년이 명수에게 물었다.

"그럼, 벌써 순길이 형은 어제 저녁 참게를 한 자루나 잡아 왔어."

"한 자루나? 벌써 게를 그렇게 많이 잡았단 말이야?"

소년이 명수의 말에 놀라는 표정을 지었다.

"순길이 형 양수장 개울에 게 잡는 발을 설치해 놓았잖아. 밤에 게 잡으려고 텐트까지 치고 게를 잡아."

벼가 누렇게 익어가는 이때쯤이면 참게가 올라왔다. 그래서 마을의 몇몇 사람들은 게가 올라오는 개울에 게 잡는 발을 설치했다. 그러면 게는 이동을 하다가 설치해 놓은 발에 막혀 이동을 하지 못하고 발 위에 있다가 잡히는 것이었다.

요즘에 잡히는 참게는 알도 배어 있고, 살도 꽉 차 있어 맛이 있었다. 참게로 게장도 담고 탕도 끓여 먹었다. 끓이면 참게는 몸이 온통 빨갛게 변했다. 소년은 게장보다는 탕을 아주 좋아했다. 의붓아버지 역시 참게를 좋아했다. 특히 게장을 좋아하였다. 게장에다 밥을 썩썩 비벼 먹는 모습은 소년이 보기에도 먹음직스러워 보였다. 그러나 소년은 참게 특유의 비린내가 싫어서 게장보다는 참게 매운탕을 더 좋아하였다.

의붓아버지는 워낙 민물고기와 참게 따위 이런 것을 좋아하였다. 그래서 소년이 붕어나 미꾸라지, 참게를 잡아오면 얼굴 가득 웃음을 머금었다. 그리고 그런 날만은 소년에게 구박을 하거나 눈치를 주지 않았다.

저녁이 되자 명수가 소년네 집으로 왔다. 명수의 손에는 손전등과 자루가 들려 있었다.

"빨리 가자."

명수가 소년에게 재촉을 하였다.

"가만있어. 꼬챙이도 가져가야지."

소년이 헛간으로 꼬챙이를 가지러 가며 말했다.

"염이야, 게 많이 잡아와."

누나가 염이에게 말했다.

"알았어. 누나, 게 많이 잡아올게."

소년이 대답하고 명수하고 밤길을 나섰다.

마을을 벗어나고 마을 끝에 있는 견달산을 돌아서자 큰 개울이 보였다. 개울둑에는 버드나무들이 죽 늘어서 있었다. 둑 밑에는 갈대가 우거지고, 둑 중간과 위에는 억새가 우거졌다.

"이쯤해서 우리 들어가자."

명수가 걸음을 멈추고 말했다.

"그래. 손전등 좀 비춰 봐. 어두워서 잘 안 보인다."

"넌 내 뒤만 따라와."

명수가 말하고 둑 밑으로 내려갔다. 소년은 잠자코 명수 뒤를 따랐다.

"물 깊지 않을까?"

"그렇게 깊지 않아."

"어이구, 깊다."

소년이 발을 개울물에 들이밀자 물속으로 쑥 들어갔다.

"괜찮아. 지금부터 조용하고 내가 손전등 비추는 데를 잘 살펴 봐."

그러면서 명수는 개울 가장자리를 손전등으로 비추며 앞으로 나아갔다.

"개울 밑바닥에도 게가 있을 거야."

소년이 개울 바닥을 발바닥으로 쓸며 말했다.

"그래, 딱딱한 게 밟히면 건져서 봐. 게일 수도 있으니까."

소년과 명수는 손전등으로 앞을 비추며 느리게 앞으로 나아갔다. 저 앞으로 개울둑 위의 텐트에서 희미하게 불빛이 새어 나왔다. 순길이 형이 게를 잡으려고 쳐 놓은 텐트였다.

"야, 순길이 형 게 많이 잡았을까?"

"그럴 거야. 야, 게다!"

명수가 갑자기 나지막하게 소리를 질렀다.

"어디, 어디?"

소년이 물었다.

"저기 있잖아. 빨리 조심해서 잡아."

명수가 손전등으로 게를 비췄다. 명수가 비춘 곳을 보니 게 한 마리가 다리를 웅크리고 개울둑 밑에 엎드려 있었다. 소년은 살금살금 걸어가서 게 등을 손을 쫙 펴서 성큼 잡았다.

"와, 크다!"

소년이 명수에게 게를 들어 보이며 소리쳤다.

"빨리 자루에 넣고 또 잡자."

명수가 자루를 벌리며 소년을 채근했다.

말벌에 쏘인 소년

소년의 누나가 집으로 온 지도 열흘이 넘었다. 처음 누나는 집에 와서는 집의 일도 거들고, 엄마와 이런저런 이야기도 나누면서 잘 지냈다. 그렇지만 날이 갈수록 누나는 수심이 깊어가고 언뜻언뜻 식구들 모르게 한숨을 쉬었다.

소년은 누나가 매형네 집에서 아주 나온 거라고 생각을 하였다. 아니, 아주 나온 것이 아니라 어른들 말로 누나는 이혼을 한 것이었다. 소년은 누나와 자취를 할 때 매형을 처음 봤지만 사실 마음에 들지 않았었다. 그런 소년의 마음과는 달리 누나는 결혼을 했고 오늘 이 지경이 되었다. 소년은 몰래 한숨을 쉬는 누나를 보면 마음이 아팠다. 그러면서 누나는 매형의 어디가 좋아서 결혼을 했는지 그런 누나가 원망스럽기도 했다.

"염이야, 달이 참 밝다."

누나가 하늘에 떠 있는 둥근 보름달을 쳐다보며 말했다.

"……."

"저렇게 달은 때가 되면 뜨고 온누리를 비춰주건만, 우리 인생 살이는 왜 그렇게 우여곡절이 많은지 모르겠다."

누나가 다시 푸념 섞인 말을 중얼거렸다.

"누나, 매형하고는 아주 헤어진 거야?"

소년이 누나의 눈치를 살피며 조심스럽게 물었다.

"그래. 헤어졌어. 내가 눈이 멀었지. 그런 사람하고 결혼을 할 생각을 했으니……."

누나가 하늘을 향해 한숨 쉬듯 말했다.

"왜 헤어졌어?"

소년이 누나를 보며 물었다.

"궁금하니? 그렇지만 너한테 그 사정을 다 말해줄 수는 없어. 말해줘 봤자 너는 이해를 못할 거야."

"……."

"염이야, 누나 이제 며칠 있다 다시 서울로 올라갈 거야. 내가

자리 잡으면 다시 누나하고 같이 살자. 너 여기서 학교 다니려면 힘도 들고, 아버지 구박도 받으니까 서럽잖아."

누나가 쓸쓸한 표정으로 소년에게 말했다.

"동생 앞에서 웬 청승이냐?"

엄마가 밖으로 나오며 누나에게 핀잔을 주었다. 엄마의 손에는 옥수수가 들어 있는 소쿠리가 들려 있었다.

"엄마."

누나가 그런 엄마를 불렀다.

"청승 그만 떨고 여기 와서 옥수수나 먹어라."

엄마가 옥수수 소쿠리를 멍석에 내려놓으며 말했다.

세 식구는 옥수수 소쿠리를 가운데 두고 앉았다. 그러고는 각자 옥수수를 들고 뜯어 먹으며 밤하늘을 쳐다보았다.

"그러고 보니 어제가 보름이었네. 달이 휘영청 밝구나."

엄마가 보름달을 보며 말했다.

"엄마, 죄송해요. 엄마한테 도움도 못 드리고 걱정만 끼쳐드려서요."

보름달을 보고 있는 엄마에게 누나가 나지막하게 말했다.

"그게 무슨 말이냐? 다 지 팔자대로 사는 거지 별 수 있겠냐."

엄마가 누나의 말을 대수롭지 않게 받았다.

"엄마, 저 이제 쉴 만큼 쉬었으니까 내일 서울로 올라갈까 해요."

"뭔 소리야? 쉬는 김에 더 쉬었다 가거라."

엄마가 누나의 말에 나무라듯 말했다.

"아니에요. 많이 쉬었어요. 일단 서울에 올라가면 방을 하나 얻고 조그만 옷가게나 하나 할까 해요. 그리고 자리가 잡히면 염이를 데려 갈게요. 염이는 내가 어떻게 해서든 대학까지 가르칠 거예요."

누나가 마음을 먹은 듯 단호하게 말했다.

"네 결심이 그렇다면 그렇게 해라. 그리고 염이는 네 하나밖에 없는 동생이니 네가 힘자라는 데까지 뒷받침을 해 주거라. 이런 시골에서는 자식 하나 뒷바라지하기도 쉽지 않다. 더군다나 아버지가 친아버지가 아니니 더 어렵다."

엄마가 체념 겸 당부 겸해서 누나에게 말했다.

늦여름 밤은 깊어 갔다. 하늘의 보름달이 점점 서쪽 하늘로 기울어 가고 있었다. 세 식구는 옥수수를 먹으며 이런저런 이야기를 하느라 밤이 깊어 가는 줄도 몰랐다.

다음 날 누나는 떠났다. 누나는 떠나기 전에 소년에게 당부했다.

"염이야, 엄마 말 잘 듣고 공부 열심히 해야 해. 너는 우리 집안의 희망이야. 애들하고 어울려 마냥 놀 생각만 말고 그저 열심히 공부해야 한다. 알았지?"

소년에게 이르고 누나는 이번에는 엄마를 바라보고 눈물을 글썽이며 말했다.

"엄마, 제 걱정은 하지 마세요. 저 열심히 살게요. 건강 조심하시구요."

그리고 누나는 떠났다. 누나가 떠나자 소년은 며칠 동안 누나의 빈자리가 그렇게 허전할 수가 없었다. 그러나 떠날 사람은 떠나고, 있을 사람은 있는 것이 사람 사는 이치였다.

소년은 기성회비 독촉을 받지 않고 학교를 다닐 수 있어 무엇보다 좋았다. 누나가 집에 와서 소년의 밀린 기성회비를 다 주고 간 것이다. 그러나 여전히 소년은 학교를 좋아하지 않았다. 아이들은 끼리끼리 서로 어울렸다. 잘사는 애들은 잘사는 애들끼리 어울렸다. 못사는 애들은 주눅이 들어 아예 그런 애들하고는 어울릴 생각을 하지도 않았다.

소년은 어느 아이들하고도 잘 어울리지 않았다. 쉬는 시간에도 반 아이들과 어울려 놀지 않았다. 소년이 하도 있는 듯 없는 듯 행동하자, 반 아이들도 소년은 으레 그러려니 하고 상대하지 않았다.

소년은 어서 하루속히 학교를 졸업하고 싶었다. 그리고 중학교에 입학하면 새로운 분위기에서 학교생활을 시작하고 싶었다. 소년은 들어갈 중학교를 목표로 공부에만 몰두했다. 교과서도 두 권을 사서 한 권은 검은 색연필로 지워가며 공부를 했다. 그래서 암기 과목은 시험을 봤다 하면 거의 백점을 받았다. 아이들은 모이면 자기들이 들어가고 싶은 중학교에 대해 한마디씩 했다.

"난 용산 중학교에 들어갈 거야."

"야, 인마. 네 실력으로는 어림도 없어. 자식, 꿈은 커 가지고."

"그렇게 말하는 넌 어느 중학교 들어갈 건데?"

"난 최소한 배재는 들어갈 거다."

"어쭈, 놀고 있네."

소년은 아이들이 말하는 것을 듣고 자기가 목표로 하는 학교를 생각해 보았다. 소년이 목표로 하는 중학교는 전국에서 수재들만 들어간다는 학교였다. 그 학교의 모표가 마름모꼴이었는데, 소년은 그 마름모꼴이 붙어 있는 교모를 쓴 자신의 모습을 상상해 보았다.

목표한 중학교에만 들어간다면 엄마나 누나가 얼마나 좋아할까 생각해 보았다. 그리고 그렇게 된다면 소년을 얼마나 자랑스러워 할 것인가. 그런 엄마와 누나를 생각해서라도 소년은 열심히 공부해서 목표한 중학교에 꼭 들어가리라 다짐을 했다.

수업 시간이 끝나는 종이 울리자 아이들은 약속이나 한 듯이 우당탕 책상과 걸상을 부딪치는 소리를 내며 화장실로 달려갔다. 소년은 둘째 시간 끝나고 화장실에 가서 볼일을 보았기 때문에 자기 자리에 앉아 책을 보고 있었다.

"얘, 염이야. 넌 화장실도 안 가니?"

소년의 옆줄에 앉은 미란이가 소년에게 말을 걸어왔다.

"……나, 난 안 가도 돼."

소년이 미란이를 돌아보며 조그마한 목소리로 대답했다.

"넌 노는 시간에도 공부만 하더라. 애들하고 어울려 놀지도 않고 말이야."

미란이가 싱긋 웃으며 말했다.

"……."

"넌 중학교 어디 갈 거야?"

미란이가 계속 소년에게 말을 걸었다.

"……모르겠어."

소년이 미란이의 말에 마지못해 대답했다.

"모르긴 뭘 몰라. 지금쯤이면 자기가 들어갈 학교는 정해놓고 공부해야 하는데……."

소년의 대답에 미란이가 살짝 얼굴을 찌푸리며 말했다.

"정하긴 했는데, 말하기 뭐해서 그래."

멋쩍어진 소년이 한 마디 하고 미란이를 향해 웃음으로 얼버무렸다.

"넌 공부도 잘하고 열심히 하니까 좋은 학교 들어갈 거야."

미란이가 힘주어 말했다.

토요일이었다. 학교에서 돌아온 소년은 마을 아이들과 동산으로 밤을 따러 갔다. 아직 추석 전이라 밤을 따기에는 일렀으나 아이들의 성급함을 막을 수가 없었다. 먹을 것이 눈앞에 보이는데 차분하게 여물기를 기다리는 아이들이 아니었다.

마을 뒤에 있는 산에는 밤나무와 참나무, 소나무, 상수리나무, 오리나무, 산벚나무 들이 어우러져 자라고 있었다. 그리고 나무 밑에는 싸리나무, 진달래와 칡, 잡풀 들이 산을 뒤덮고 있어 여름에는 여러 종류의 버섯들이 자랐다.

"야, 저기 저 나무 밤 많이 달렸다."

수길이가 밤나무 한 그루를 가리키며 말했다.

"와, 가자."

아이들이 우 몰려 수길이가 가리킨 밤나무로 달려갔다.

"야, 먼저 아람 떨어진 거부터 줍자."

명수가 밤나무 밑을 두리번거리며 말했다. 명수의 말에 소년이 밤나무를 쳐다보았다. 밤 여물은 것이 있나 보기 위해서였다. 밤나무에는 아직 여물지 않은 퍼런 밤송이가 많았으나 개중에는 누렇게 익은 것도 보였다.

"그러지 말고 나무에 올라가서 따는 게 낫겠다. 명수야, 내가 올라가서 딸 테니까 네가 밑에서 내가 딴 밤송이를 주워서 까라."

소년이 명수에게 말했다. 그러자 수길이가 소년을 보고 볼멘소리를 내질렀다.

"야, 이건 내가 먼저 본 밤나무야. 따도 내가 따야지. 네가 왜 따냐?"

소년은 수길이의 억지에 어처구니가 없었다. 그래서 소년은 밤나무에 오르려는 행동을 멈추고 수길이를 쳐다보았다.

"수길아, 누구든 먼저 올라가서 따면 되잖아. 이게 너네 밤나무도 아니잖아."

명수가 수길이에게 따지고 들었다.

"내가 먼저 봤고, 내가 따려고 했단 말이야."

명수의 말에 수길이가 억지를 부렸다.

"수길이가 먼저 맡았으니까 너희는 다른 나무 가서 따."

옆에 있던 복남이가 수길이의 편을 들었다.

"알았어. 니들 정말 치사하다."

명수가 말했다.

소년이 수길이에게 양보하고 명수를 돌아보며,

"명수야, 우리 다른 곳으로 가자."

하고 명수에게 말했다.

마을과 가깝고 야트막한 산이라 산 밑에는 여기저기 무덤들이 있었다. 무덤에는 잔디와 잡풀들이 우거져 있었다. 추석이 가까워져 주인이 있는 무덤이나 가까운 곳에 일가친척이 있는 무덤은 벌초가 깨끗이 되어 있었다. 여름내 무성했던 잡풀들을 말끔히 깎은 무덤은 이발을 한 머리처럼 산뜻하고 보기가 좋았다.

그러나 돌보지 않은 무덤에는 온갖 풀들이 무성하였다. 그런 무덤은 보기에도 안 좋았을 뿐만 아니라 벌집을 친 곳도 있었다. 주로 말벌이 집을 지었다. 말벌은 윙윙 무서운 날갯소리를 내며 무덤 안을 수시로 드나들었다.

밤을 욕심껏 딴 아이들은 풋밤을 까먹으며 산 아래로 내려왔다. 무덤 곁을 지나던 복남이가 무덤 주위에서 말벌이 윙윙거리는 소리를 듣고는 걸음을 멈추었다.

"야, 말벌이다! 저 무덤에 말벌 집이 있는 모양이다."

복남이가 무덤을 가리키며 말했다.

"우리 저 말벌 집 부수고 갈까?"

수길이가 장난기가 발동해 아이들을 둘러보며 말했다.

"야, 그냥 가자. 그러다 말벌에 쏘이면 큰일 나."

소년이 말했다.

"너희들 알아둬. 벌은 뻐꾸기를 무서워해. 그러니까 만일 벌이 달려들면 땅바닥에 착 엎드려서 뻐꾸기 소리를 내는 거야. 그러면 벌이 쏘지 않는다구."

소년의 말을 무시하고 수길이가 아이들을 둘러보며 벌을 피하는 법을 가르쳐 주었다.

"그 말 정말이야?"

명수가 의심스러운 마음이 들어 수길이에게 물었다.

"그렇다니까. 그러니까 무서워할 거 없어."

"돌멩이를 일단 벌집 있는 곳으로 던져보자."

"그러자."

아이들은 돌멩이를 주웠다.

"에잇!"

돌멩이를 주운 아이들은 일제히 벌집이 있는 무덤을 향해 돌멩이를 던졌다. 그러자 벌집 앞을 경계하듯 날던 말벌들이 갑자기 사라졌다. 그것이 무엇을 의미하는지도 모르고 소년과 아이들은 무덤 가까이로 다가가 돌을 계속 던졌다.

그러나 잠시 후 예상 밖의 일이 벌어졌다. 무덤 속에서 말벌들이 떼를 지어 나왔다. 그것을 본 아이들은 혼비백산 다리야 날 살려라 하고 도망을 쳤다. 소년은 설마 벌들이 자기에게 날아오진 않겠거니 하고 마음을 놓고 있었다. 그런데 벌들이 소름끼치는 날갯소리를 내며 소년에게 달려들었다. 소년은 순간적으로 땅바닥으로 털썩 엎드렸다. 식은땀이 죽 흘렀다. 저 큰 말벌의 독침에 찔리면 죽을 것 같았다. 생각만 해도 정신이 아뜩했다. 말벌들은 소년의 머리 위에서 무시무시한 날갯소리를 내며 빙빙 돌았다. 그때 저만치 도망갔던 아이들이 소년에게 소리쳤다.

"염이야, 뻐꾸기 울음소리를 내! 그러면 말벌들이 도망간단 말이야!"

얼이 빠진 소년은 아이들이 시키는 대로 땅바닥에 엎드린 채 뻐꾸기 울음소리를 내었다.

"뻐꾹, 뻐꾹, 아, 따가!"

그러나 그 행동은 치명적인 실수가 되고 말았다. 뻐꾸기 울음소리가 나자마자 말벌 한 마리가 소년의 머리에 침을 한 방 쏘았다. 그리고 곧이어 또 한 방. 소년은 아픔을 느낄 사이도 없이 벌떡 일어나 정신없이 뛰었다. 말벌들이 윙윙대며 소년의 뒤를 쫓아오는 것 같았다. 소년은 머리를 감싸 쥐고 마을 쪽으로 뒤도 돌아보지 않고 한참을 정신없이 뛰었다.

어느 정도 도망가자 벌들이 안 쫓아오는 것 같았다. 아이들도 제각기 뿔뿔이 흩어져 달아나 버렸다. 소년은 벌에 쏘인 머리가 욱신욱신 쑤셔왔다. 쏘인 자리를 만져 보자 두툼하게 부은 거 같았다. 쏘인 자리가 화끈거리면서 몸이 춥고 떨려왔다. 간신히 소년은 집으로 돌아왔다.

"아니, 너 왜 그러냐?"

바깥마당에서 고추 손질을 하고 있던 엄마가 소년이 머리를 부여잡고 돌아오는 것을 보고 깜짝 놀라 일어났다.

"아유, 아파. 엄마, 벌에 쏘였어요."

소년이 울먹이며 엄마에게 말했다.

"뭐라구? 벌에 쏘여?"

소년의 말에 엄마가 화들짝 놀라 소년에게 다가왔다.

"어디, 어디 보자."

그러면서 엄마는 소년의 머리를 헤쳐 보았다.

"세상에 이런, 벌침이 그대로 박혀 있네……."

엄마가 소년의 머리에서 벌침을 빼어냈다. 엄마가 빼낸 벌침을 소년에게 보여주었다. 벌침은 아예 벌의 꼬리와 침이 붙은 채로 떨어져 머리 속에 박혀 있었다.

"이놈의 자식아, 그러게 벌집은 왜 건드려? 그만하길 다행이다. 이놈아."

엄마가 이맛살을 찌푸리며 소년을 나무랐다.

"내가 건드리려고 한 것이 아니었는데……."

소년이 아파서 얼굴을 찡그리며 말했다.

"잠깐만 있어라. 내 안에 들어가서 된장을 떠올 테니까."

엄마는 소년에게 이르고 집 안으로 들어갔다. 잠시 후 엄마는 그릇에다 된장을 떠왔다. 그리고는 벌에 쏘인 머리에다 처덕처덕 된장을 발라주었다.

"벌 쏘인 데는 된장이 최고란다. 이거 바르고 방에 가서 누워 있어."

소년은 냄새나는 된장을 바르고 엄마가 이른 대로 방에 가서 누워 있었다. 그러나 누워 있었지만 벌에 쏘인 자리가 계속 욱신거리고 쑤시고 아팠다. 그런데다 웬일인지 몸이 떨리고 추웠다. 소년은 이불을 머리끝까지 푹 뒤집어쓰고 끙끙거리며 앓았다.

그 일이 있고부터 소년은 두 번 다시 아이들과 어울려 산에 올라가지 않았다. 산에 올라가더라도 혼자 올라갔고, 벌집 근처에는 아예 가까이 가지를 않았다. 그런데다 입시가 얼마 안 남았다. 한가하게 아이들과 어울려 놀 시간적인 여유가 없었다.

마을 아이들은 공부를 잘하거나 못하거나 점수에 관계없이 인근에 있는 중학교에 진학하면 되었다. 그러나 소년은 그렇지가 않았다. 시험을 봐서 중학교에 들어가야 했다. 더군다나 소년은 서울에서도 손꼽히는 명문 학교를 목표로 공부를 하였다.

매형, 집으로 누나를 찾아오다

하루가 다르게 아침저녁으로 불어오는 바람이 살갗에 닿는 느낌이 신선했다. 그러나 아직까지 한낮의 햇볕은 따가웠다. 바람이 살랑살랑 불어왔다. 바람이 불 때마다 벼들이 출렁거렸다. 따가운 햇살과 바람으로 벼들은 토실토실 여물어가고 있었다. 이제 머지않아 들판에는 추수를 하기 위해 일하는 농부들의 흥겨운 벼 베기 소리가 들릴 것이다.

참새 떼를 쫓기 위해 허수아비들이 여기저기 논 가운데에 세워졌다. 우습게 생긴 형상의 허수아비들이 바람에 우쭐거렸다. 마치 막걸리를 한잔 마시고 춤을 추는 모습으로 보였다. 참새들이 그런 허수아비를 비웃듯이 허수아비 주위를 날아다녔다. 어떤 참새는 허수아비의 머리 위에 앉기도 하였다.

허수아비가 제구실을 못하자 노인네들이나 아이들이 참새 떼를 쫓았다.

"허이~ 허이~ 이놈의 참새들 저리 날아가지 못해!"

할아버지, 할머니들이 소리를 지르며 참새를 쫓는다.

"땅땅땅땅~"

깡통이나 찌그러진 함석 물통을 두드리며 새를 쫓기도 했다. 시골이란 농사를 많이 짓는 집이나 적게 짓는 집이나 모두가 바빴다. 그리고 요즘은 한창 밭작물을 수확해야 할 때였다. 고추나 콩, 들깨, 참깨, 수수, 조를 거두어들여야 하고, 고구마는 진즉 캤어야 했다. 요즘에는 토란을 캐야 한다. 배추나 무는 수확을 하려면 더 있어야 했다. 그러나 포기가 벌어져 가는 배추는 묶어주어야 했다.

소년도 학교에서 돌아오면 논이나 밭으로 나갔다. 토요일, 일요일에는 밭이나 논에서 하루 종일 살다시피 하였다. 공부한다고 방에 들어앉아 있으면 의붓아버지의 성화가 빗발쳤다.

"야, 이놈아. 이리 바쁜 판에 공부는 뭔 공부냐? 공부도 밥을 먹어야 공부를 할 것 아니냐? 빨랑 나와서 거들어라."

소년은 의붓아버지의 성화도 성화지만, 다들 정신없이 일을 하는 마당에 자기만 한가하게 공부를 할 배짱도 없었다. 입시가 가까워 와 마음은 급했지만 하는 수 없었다. 일을 거들어야 했다.

일요일이었다. 모처럼 늦잠을 자고 싶은 마음이 굴뚝같았다. 그러나 소년은 아침을 먹은 후 의붓아버지와 논으로 나갔다. 논의 물길을 내기 위해서였다. 소년네 논은 깊은 논이기 때문에 물이 잘 빠지지 않아 논물이 잘 안 말랐다. 이제 벼 벨 때가 가까워져 벼를 베기 전에 논의 물을 말려야 한다. 그래야만 벼를 벨 수가 있기 때문이었다.

소년네 논은 깊은 논이라 물이 빠질 수 있도록 삽으로 물길을 내줘야 했다. 이 일은 삽으로 일일이 파야 했으므로 보통 힘이 드는 일이 아니었다.

"넌 저쪽에서 파 가도록 해라."

의붓아버지가 논에 도착하자 소년에게 일할 자리를 정해 주었다. 소년은 의붓아버지가 정해준 곳으로 가서 삽질을 하였다. 벼들이 빽빽이 차 있고, 질척거리는 논이라 삽질하기가 보통 힘 드는 것이 아니었다.

소년은 묵묵히 삽질을 하며 물길을 내었다. 한참을 하자 허리가 아파왔다. 벼 잎이 얼굴을 따끔따끔 찔렀다. 눈이 찔리지 않도록 주의해야 했다. 잘못해서 눈에 찔렸다가는 눈이 멀 수도 있었다.

벼 잎은 날카롭고 겉이 까칠하여 얼굴이나 팔뚝을 스쳐도 쓰라리고 가려웠다. 이웃 마을의 어떤 아줌마는 벼 잎에 눈을 찔려 실명을 하였다. 소년은 벼 잎이 눈에 찔리지 않도록 조심조심 삽질을 하였다. 옆에서 의붓아버지가 서너 발걸음 앞서서 고랑을 파 나갔다.

오후 다섯 시쯤 물길을 내는 일을 끝마쳤다. 일을 마치자 허리가 천근만근 무거웠다. 소년은 둠벙으로 가서 삽을 씻고 손과 발을 씻었다. 둠벙 위로 잠자리들이 날아다녔다. 물속에는 물자라와 물방개도 보였다. 가을걷이를 끝내고 소년은 둠벙의 물을 퍼 고기를 잡으리라 생각하였다.

소년 혼자의 힘으로는 어려웠다. 여러 아이들과 어른의 힘을 합하여야 했다. 둠벙에는 붕어와 잉어, 가물치, 메기, 송사리 따위들이 많이 살았다. 가을이 끝나면 마을 사람들은 둠벙을 퍼서 둠벙 속에 살고 있는 물고기들을 잡았다. 둠벙에는 신기하게도 여러 종류의 물고기들이 많이 살았다. 해마다 두세 번씩 물을 퍼내고 물고기를 잡아도 또 물고기들이 잡히는 것을 보면 신기하기만 했다.

둠벙에는 물고기들만 사는 것이 아니었다. 여러 가지 생물들이 살았다. 물풀과 갈대, 그리고 창포와 부레옥잠, 줄 따위들이 무성하게 자랐다. 이외에도 물속에는 장구애비, 물자라, 잠자리 유충, 거머리, 북방산 개구리, 아무르산 개구리 따위도 살았다. 그 외에 물새들도 많이 날아왔는데 뜸부기, 논병아리, 청둥오리, 청호반새, 물총새, 개개비, 왜가리, 황로 따위들이었다. 둠벙은 봄부터 여름, 가을까지 온갖 동식물들의 놀이터 겸 쉼터 역할을 하였다. 그리고 벼에 필요한 물도 공급해 주는 아주 중요한 역할도 하였다.

일을 마치고 집에 돌아오자 매형이 와 있었다. 매형은 마루턱에 앉아 엄마와 이야기를 하고 있다가 의붓아버지와 소년이 안으로 들어서자 엉거주춤 일어나 인사를 했다.

"안녕하십니까? 저 왔습니다."

매형이 의붓아버지를 보고 어색한 웃음을 지으며 말했다.

"왔나?"

의붓아버지가 인사를 받고 삽을 헛간 안에 집어넣었다.

"매형, 오셨어요?"

소년 또한 매형이 온 것이 달갑지는 않았으나 그래도 인사를 안 할 수는 없었다.

"어, 처남. 잘 있었어?"

매형이 소년의 인사를 받았다.

저녁을 먹고 난 후, 안방에서 소년의 엄마와 매형은 한참 동안 이야기를 나누었다. 의붓아버지는 저녁을 먹자마자 휭 하니 밖으로 나가버렸다. 내 알 바가 아니라는 식이었다. 소년은 자기 방에서 엄마와 매형이 나누는 말을 조용히 엿들었다.

"이제 와서 자네가 무슨 마음으로 우리 애를 다시 찾는지 모르겠구먼."

엄마의 나직한 목소리가 새어나왔다.

"장모님, 제가 잘못했습니다. 다시는 그런 일이 없을 테니 미숙 씨를 다시 돌아오게 해 주십시오."

매형이 엄마에게 잘못을 빌며 사정을 하였다.

"우리 미숙이는 마음을 정하고 다시 새롭게 시작하려고 하네. 그러니 자네도 마음을 접게. 내 딸이지만 내가 걔한테 이래라 저래라 할 수도 없고 말일세. 모든 결정은 본인이 내리는 것이 아닌

가."

"장모님, 그러시면 미숙 씨가 있는 곳이라도 알려 주세요."

"그건 나도 모르네. 집에서 나갈 때 자리 잡으면 있는 곳을 알려준다고 하고 가서 아직 연락이 없네. 그러니 낸들 어찌 알겠는가?"

엄마가 단호하게 말했다.

"장모님, 이러시면 안 됩니다. 제가 잘못했다고 이렇게 빌지 않습니까? 좀 도와주십시오."

매형이 다급하게 사정하는 말이 들려왔다.

"아, 이 사람아. 내가 도와줄 수 있어야 도와주지. 뭘 도와달라는 건가. 참 답답하네."

엄마가 답답하다는 듯이 가슴을 쳤다. 엄마의 가슴 치는 소리가 소년의 방에까지 들려왔다. 엄마가 답답해하는 만큼 소년의 마음도 답답했다.

"미숙 씨가 있는 데를 가르쳐 주지 않으시면 제가 찾아보겠습니다. 저 그만 일어나 보겠습니다."

더 이상 말을 해봤자 소용이 없다는 것을 알았는지 매형이 가려고 일어서는 것 같았다. 소년은 얼른 자기 책상 앞으로 가 책을 보는 시늉을 하였다.

"처남, 나 가. 가만 처남, 나랑 같이 좀 나가지. 나 차 타는 데까지 좀 같이 가자구."

매형이 소년의 방문을 열고 말했다.

"……예."

소년이 마지못해 대답했다. 그러나 소년은 솔직히 따라가기 싫었다. 하지만 모질게 거절할 수가 없었다.

"처남, 이거 얼마 안 되지만 용돈 써."

집을 나와 얼마쯤 가는데 매형이 불쑥 소년에게 돈을 내밀었다.

"어, 매형. 돈 안 줘도 돼요."

소년이 당황하여 손을 뒤로 감추며 말했다.

"아니야. 이건 내가 처남한테 주는 거니까 괜찮아. 받아 둬."

소년이 싫다는 데도 막무가내로 매형은 소년의 주머니에 돈을 찔러 넣어주었다.

"……."

"처남, 처남은 누나가 어디 있는지 알고 있지?"

매형이 소년에게 은근히 물었다.

"……저도 누나 있는 데 몰라요. 누나가 알려주지 않았어요."

소년이 조심스럽게 매형의 눈치를 살피며 대답했다. 순간 매형의 얼굴에 실망하는 빛이 살짝 스쳐 지나갔다. 그래서 소년은 매형 보기가 민망스러웠다.

"정말 몰라? 처남도 누나가 정말 어디에 있는지 모른단 말이야? 이거 서로 단단히 짰구먼."

매형이 이맛살을 찌푸리며 빈정거리는 말을 했다. 소년은 매형의 말에 은근히 화가 났다.

"매형, 짜긴 뭘 짰다고 그래요? 정말 누나가 어디로 간다고 말하지 않았단 말이에요."

소년이 볼멘소리를 했다. 소년의 뜻밖의 반응에 매형은 잠깐 당황하는 빛을 보였다.

"그럼 좋아. 짜지 않았다 치고. 내 처남한테 뭐 하나 물어보지. 처남은 누나가 나랑 아주 영원히 헤어지는 것이 좋겠어, 그러지 않는 것이 좋겠어?"

질문을 하고 난 매형이 소년의 얼굴을 빤히 바라보았다.

"난 누나가……"

소년이 말을 이으려다가 침을 꿀꺽 삼켰다.

"누나가 뭐?"

매형이 소년을 다그쳤다.

"……."

소년이 앞만 보고 걸을 뿐 다음 말을 하지 않았다.

"말해 봐. 왜 말을 하다 말아?"

매형이 말꼬리를 올렸다.

"난…… 누나가 잘 살았으면 좋겠어요."

소년의 입에서 뜻밖의 엉뚱한 말이 튀어나왔다.

입시 날짜가 점점 가까워져 오고 있었다. 소년은 늦게까지 공부를 하였다. 그러고는 또 새벽에 일어나 학교를 가기 위해 기차 정거장으로 향했다. 아침밥은 먹는 둥 마는 둥 하였다. 그래서 소년은 학교에 가 두 시간 정도 수업을 듣고 나면 배가 고팠다. 반 아이들 중에는 점심시간이 되기도 전에 도시락을 까먹는 아이들도 있었다.

소년도 점심시간이 되기 전에 도시락을 먹는 경우가 더러 있었다. 도시락 반찬은 늘 시큼한 냄새가 나는 김치나 콩장, 무말랭이나 멸치볶음이었다. 소년도 다른 아이들처럼 달걀을 부쳐 도시락 밥 위에 덮어오고 싶었다. 그렇잖으면 소시지 반찬을 싸오고 싶었다.

그러나 이런 바람은 소년에게는 그야말로 바람일 뿐 한 번도 그런 반찬을 싸온 적이 없었다. 그래도 소년은 반찬 투정을 하지 않았다. 엄마가 싸준 대로 남김없이 도시락을 먹었다. 반찬보다는 배고픈 것이 더 문제였다.

시험 날이 가까워 올수록 반 분위기는 점점 더 술렁거렸다. 담임선생님은 아이들 하나하나를 불러내어 어느 중학교에 갈 것인지 물어보았다. 그러고는 부모님을 모시고 오라고 하였다.

"김 염, 이리 나와 봐."

점심시간이 끝나고 다섯째 시간 수업을 하기 전에 선생님이 소년을 불렀다. 소년은 선생님의 부름에 주춤거리며 앞으로 나갔다. 소년은 선생님 앞에만 가면 주눅이 들었다.

"넌 인마, 중학교 들어갈 거야, 말 거야?"

선생님이 소년이 앞으로 나오자 다짜고짜 신경질적으로 물었다.

"……."

소년은 선생님의 질문에 바로 대답을 할 수가 없었다.

소년은 어느 중학교에 갈 것인가보다는 현재로선 중학교에 다닐 수 있을지가 의문이기 때문이었다. 중학교 입학 문제에 대해 집에서는 한 마디 말도 지금까지 없었다. 소년은 중학교에 못 다닐 것이라고는 생각해 보지 않았다. 그러나 장담을 할 수가 없었다. 국민학교도 간신히 다니고 있는 처지에 말이었다. 그러나 소년은 엄마가 누나에게 당부한 말을 떠올렸다.

'네가 염이 공부 뒷받침을 해 줘라.'

엄마의 이 말은 곧 소년의 중학교는 물론 고등학교, 대학교까지 누나가 책임을 지라는 말이 아닌가 생각하였다. 소년이 그렇게 생각을 한 데는 나름대로 짐작하는 것이 있어서였다. 누나는 매형과 헤어져 집에 잠시 들렀다 가면서 소년에게 당부를 하였다.

'너는 우리 집안의 희망이다. 그러니 아이들과 어울려만 놀지 말고 열심히 공부해야 해. 누나가 어떻게 해서든 네 공부만은 하도록 할 테니까.'

누나의 말을 떠올렸다. 그러나 막상 선생님이 중학교 진학에 대해 물어보자 말문이 막혔다.

"말해 봐, 인마. 넌 어떻게 된 애가 꿀 먹은 벙어리냐? 말을 못하게."

선생님이 답답하다는 듯이 눈을 치켜떴다.

"예, 중학교 들어갈 거예요."

소년이 모깃소리만 하게 대답했다.

"그래? 그거 참 반가운 말이긴 하다만, 너네 집에서 중학교 보낼 능력이 되는지 모르겠다. 기성회비도 몇 달치씩 밀려서 간신히 내는 주제……"

선생님은 말을 하다가 자기 말에 놀라 뚝 말을 멈추었다. 자기의 말이 좀 도가 지나쳤다는 생각이 든 모양이었다. 그러나 소년은 이미 선생님의 말을 들어버렸다. 소년의 눈에 눈물이 핑 돌았다. 소년은 눈물을 보일 것 같아 어금니를 꽉 물었다.

"알았으니 들어가."

선생님이 턱짓으로 소년에게 들어가라고 하였다. 소년은 비척비척 자기 자리로 돌아왔다. 소년의 눈치가 심상치 않아 보였는지 옆줄에 앉아 있던 미란이가 조심스럽게 소년에게 다가왔다.

"염이야, 무슨 일이야?"

미란이가 소년의 얼굴을 살피며 소년의 팔을 가만히 잡았다. 그러자 소년은 자기도 모르게 눈물이 다시 핑 돌았다. 소년은 얼른 얼굴을 돌렸다. 눈물을 흘리는 모습을 미란이에게 보이고 싶지 않았기 때문이었다.

소년은 누나에게서 어서 하루빨리 소식이 오기를 기다렸다. 예전처럼 누나와 같이 살면서 공부를 하고 싶었다. 물론 이제 누나와 살면 예전같이 살지는 않을 것이다. 누나가 며칠씩 집을 나가 들어오지 않을 것도 아니었다. 그리고 배를 곯는다든가 이웃집 아이에게 괴롭힘을 당하지도 않을 것이다. 또 학교를 땡땡이치는 일은 두 번 다시 없을 것이다. 오로지 공부만 열심히 할 것이라고 다짐을 하였다. 그러나 누나에게서는 아무 소식이 없었다. 잘 있다는 편지 한 장도 없었다.

소년, 시험에서 일등을 하다

뒤란의 감나무에 감이 익어 갔다. 아침으로는 찬 이슬이 내렸다. 떠오르는 햇볕에 찬 이슬이 말라들며 감의 단맛이 더 깊어져 갔다. 주황색으로 물든 감나무 잎이 햇빛에 반짝였다. 감도 반짝였다.

소년은 아침에 일어나면 감나무 밑으로 달려가 저녁에 떨어진 감을 주워 먹었다. 감나무 밑에는 바람에 떨어지거나 제 스스로 떨어진 연시가 바닥에 터진 채로 있었다. 그러면 그것을 주워 살짝 터진 부분을 벌려서 안에 것만 쏙 빼먹었다. 그러면 달고 시원한 맛이 그만이었다. 소년은 그릇에다 연시를 주워 집 안으로 들어갔다.

"엄마, 감 잡수세요."

소년이 그릇을 엄마에게 내밀었다. 엄마는 부엌에서 밥을 짓고 있었다.

"거기 툇마루에 두어라. 나중에 먹게."

"예."

소년은 툇마루에 감 그릇을 두고 마당으로 나가 댑싸리비로 마당을 쓸었다. 마당을 쓸고 난 후 외양간에 가서 소에게 여물을 주고, 돼지우리에 가서 돼지 밥을 주었다. 돼지 밥은 짬밥으로 주로 음식 찌꺼기였다. 돼지에게 줄 때에는 쌀겨와 섞어서 주었다. 소와 돼지는 먹는 모습도 영 딴판이었다. 소는 급한 게 없이 여물을 느릿느릿 씹었고, 돼지들은 서로 먹겠다고 주둥이를 들이밀고 난리를 쳤다.

동부레기 소는 이미 뿔도 나왔고 코뚜레를 꿰었다. 내년쯤에는 논과 밭을 갈 수 있을 정도로 실하게 컸다. 소년이 정성껏 풀을 뜯기고 꼴을 베어다 먹인 결과였다. 소년은 여물을 먹는 소를 바라보았다. 외삼촌이 의붓아버지의 비위를 맞추기 위해 사주고 가신 소였지만, 사실 소년의 진학 밑천이기도 하였다. 그러나 소년이 중학교에 입학한다고 해서 쉽게 팔 소는 아니었다. 소년도 자기가 중학교에 가기 위해 소를 파는 것을 원하지 않았다.

"염이야, 어서 들어와서 아침 먹어라."

엄마가 밥상을 들여가며 소년을 불렀다. 의붓아버지는 마당에 있는 우물 옆에서 낫을 갈고 있었다. 낫을 갈아서 한 옆에 나란히 날을 밑으로 누여 놓았다. 의붓아버지는 일을 나갈 때도 여간해서 소년이나 엄마에게 어디서 무슨 일을 한다는 말을 하지 않았다. 일하러 나가는 것을 보면 알아서 엄마나 소년이 따라나서야 했다. 그러지 않고 일을 거들지 않았다가는 집에 들어와서 엄마나 소년을 바라보는 눈이 달랐다. 작은 일에도 신경질을 내고 화를 내고 나중에는 엄마에게 트집을 잡아 싸움을 하였다.

"낫을 무엇하러 여러 개나 갈으셨수?"

엄마가 의붓아버지에게 물었다.

"무엇하러 갈긴 무엇하러 갈아? 쓸 데가 있어서 갈았지."

의붓아버지가 퉁명스럽게 대답하고 숟가락을 들었다. 소년은 말없이 밥상 한 귀퉁이에 앉아 밥을 먹었다. 아침식사를 마친 의붓아버지는 낫과 함께 지게를 지고 나갔다. 그야말로 어디로 무엇을 하러 간다는 말도 없이 횡 하니 나갔다. 오면 오고, 말면 말라는 식이었다. 엄마가 그런 의붓아버지를 향해 혼잣말처럼 중얼거렸다.

"정말 멋대가리 없는 사람이네. 저런 사람을 믿고 내가 재혼을 했으니……."

"……."

소년이 엄마의 말을 무심하게 들었다. 엄마가 밥상을 내가면서 소년을 돌아보았다.

"염이야, 어서 네 아버지 따라가 보아라. 또 나중에 무슨 소리를 들을지 모르니까."

엄마가 소년에게 말했다.

소년은 집에서 공부를 하고 싶었지만 엄마의 말을 거역할 수가 없었다. 그래서 소년은 뭉그적뭉그적 하는 수 없이 의붓아버지가 나간 길을 따라갔다. 의붓아버지는 마을을 벗어나 방죽 위를 걷고 있었다. 맥고모자를 쓴 의붓아버지는 담배를 피워 물고 방죽을 터벅터벅 걸었다. 소년은 일정한 간격을 두고 의붓아버지의 뒤를 따랐다. 얼마쯤 가자 의붓아버지는 지게를 벗어 작대기로 받쳐놓고 방죽의 풀을 깎기 시작했다.

방죽에는 풀들이 우거져 있었다. 억새의 하얀 꽃들이 무수하게 피어 바람에 흩날렸다. 방죽은 소년이나 아이들이 소를 끌고 와

풀을 뜯기기도 하고, 염소를 매어 두기도 하는 곳이었다. 그만큼 방죽에는 풀들이 우거졌다. 이때쯤 베는 풀들은 말렸다가 땔감으로 사용하기도 하였다.

의붓아버지는 땔감용 풀을 베러 온 것이었다. 소년도 낫 한 자루를 가지고 묵묵히 풀을 베기 시작했다. 풀을 벨 때마다 메뚜기와 방아깨비가 이리 팔짝 저리 팔짝 튀어 올랐다. 살이 오른 방아깨비는 배가 통통했다. 방아깨비를 잡아 방아놀이도 하고 구워 먹기도 했다.

방죽에는 구절초도 피어 있고, 억새와 쑥대도 키가 웃자라 있었다. 이 모든 것들을 베어 말리면 훌륭한 땔감이 되는 것이었다. 마르면 집으로 가지고 가 밥을 짓는 땔감으로 이용할 뿐만 아니라 소죽을 끓일 때도 사용하였다.

6학년 2학기가 되자마자 아이들은 중학교 입학에 신경이 곤두섰다. 그래서 반 아이들은 입시 과외를 한다, 뭐를 한다 하면서 난리였다. 교실에서는 입시에 맞춰 문제풀이와 모의시험을 보느라 정규 수업은 제대로 하지도 않았다.

수시로 시험을 보고 전 과목 모의시험을 보았다. 이 시험 점수로 아이들은 자기가 가야 할 중학교를 선택해야 했다. 소년은 침착하게 시험을 보았다. 암기과목은 거의 올백을 맞을 자신이 있었다. 단지 산수만 조금 걱정이 되었다. 소년은 다른 아이들처럼 과외도 하지 않았다. 부잣집 아이들은 대학교 다니는 학생을 아예 집에 들여서 개인 과외를 하였다.

소년에게는 꿈같은 얘기였다. 그건 둘째 치고 집에서만이라도 공부에 몰두할 수만 있으면 좋았다. 여전히 집에서는 중학교 진학에 대해서 입도 뻥긋하지 않았다. 그리고 누나에게서도 소식이 없었다. 소년은 초조하였다. 이러다 정말 중학교에 진학하지 못하는 것이 아닌가 하는 걱정이 들었다. 모의고사를 보고 온 날, 소년은 엄마에게 조심스럽게 중학교 진학 문제에 대해 말을 꺼냈다.

"엄마, 모의고사를 봤어요. 저 중학교 어떻게 해요?"

소년이 걱정스러운 낯빛으로 엄마에게 입을 열었다.

"모의고사 봤어? 모의고사가 뭐냐?"

소년의 엄마는 모의고사가 뭔지도 몰랐다.

"중학교 입학시험처럼 보는 시험이에요."

"그래. 시험 잘 봤냐?"

엄마가 시험이라는 말에 잘 봤느냐고 물었다.

"예, 잘 봤어요. 엄마, 이제 얼마 안 있으면 입학원서를 쓰고 자기가 원하는 중학교에 가서 시험을 봐야 해요."

소년이 애가 달아 엄마에게 말했다.

"그럼 곧 중학교에 들어가게 되는구나……."

엄마가 중학교라는 말에 걱정스러운 얼굴로 말했다.

"그나저나 어째 네 누나한테서는 소식이 없는지 모르겠구나."

"……."

전에 보았던 모의고사 점수가 발표되는 날이었다. 교실 안은 웅성웅성 아이들의 부산함으로 소란했다. 아이들은 제각기 자기 점수가 얼마나 나올까 궁금해 하였다. 교실은 초조함과 설렘이 뒤섞여 어수선했다. 선생님이 교실로 들어왔다. 어수선하던 교실 분위기가 선생님이 들어오자 착 가라앉았다. 기침 소리만 간헐적으로 들렸다.

"에, 전번에 본 모의고사 점수를 발표하겠다. 이번 시험 점수는 자기가 목표한 중학교에 갈 수 있는지 없는지를 가늠해 볼 수 있는 것이니까 이번 점수를 보고 참고하도록 해라."

선생님이 짐짓 엄숙한 목소리로 말했다. 그 말에 아이들이 침을 꿀꺽 삼켰다. 유난히 침 삼키는 소리가 크게 들렸다. 소년은 옆줄에 앉아 있는 미란이를 흘깃 돌아보았다. 미란이의 얼굴과 마주쳤다. 미란이가 생긋 웃음을 지었다.

이윽고 선생님이 반 아이들의 이름과 점수를 부르기 시작했다.

"박정수 65점, 김기배 72점……"

이름이 불리고 점수가 발표되자 아이들 속에서는 탄식과 함성이 울려나왔다.

"아, 조용히, 조용히 해!"

아이들이 웅성거리자 선생님이 출석부로 교탁을 두드렸다. 그래서 잠시 점수 발표가 늦춰졌다. 소년은 조바심이 일었다. 과연 얼마나 점수가 나올 것인지 걱정이 되었다. 시험을 잘 봤다는 생각은 들었으나 막상 점수가 발표되자 걱정과 함께 조바심이 일었다.

"이미란 96……"

"와! 미란이 시험 잘 봤다. 와, 96점."

미란이의 점수가 발표되자 아이들이 소리를 질렀다. 소년은 미란이를 돌아보았다. 미란이가 환하게 웃고 있었다.

"차기대 85, 최충길 82, 김 염……"

드디어 소년의 이름이 불리었다. 그런데 소년의 이름을 부르고 선생님이 점수를 말하지 않고 멈추었다. 그러자 아이들이 일제히 선생님 얼굴을 뚫어져라 쳐다보았다. 왜 점수를 부르지 않고 멈추었는지 궁금해 하였다. 그건 소년도 마찬가지였다. 소년의 얼굴이 붉어졌다. 가슴도 두근거렸다.

"김 염…… 98점!"

"……와! 야! 김 염이 98점이다. 와, 최고 점수다."

아이들이 일제히 소년에게 얼굴을 돌렸다. 소년은 자기의 점수를 듣자 자기도 모르게 눈물이 핑 돌았다. 시험을 잘 봤다는 생각은 들었으나 98점을 맞으리라고는 상상도 못했다. 평균 점수가 의외로 잘 나왔다. 2점이 부족한 것은 수학에서 한 문제인가를 틀려서일 것이었다.

"염이야, 축하해."

미란이가 소년을 돌아보며 웃음 가득한 얼굴로 축하를 해 주었다.

"고마워."

소년이 눈물이 글썽거리는 눈을 팔소매로 슥 문지르며 미란이를 향해 어색한 웃음을 지었다. 시험 점수 발표가 끝났다. 선생님은 다시 교무실로 돌아갔다. 아이들이 소년 주위로 빙 둘러서서 한 마디씩 했다.

"야, 염이, 너 언제 공부했냐?"

"일류 중학교 들어갈 수 있는 점수다. 염이 좋겠다."

"야, 염이 다시 봤다."

아이들이 부러움 반, 시기 반으로 한 마디씩 했다.

학교가 끝나고 집으로 돌아가는 길이었다. 학교에서부터 기차를 타기 위해 정거장으로 가려면 15분 정도를 걸어가야 했다. 차 시간이 있기 때문에 소년은 서둘러 정거장으로 향하였다.

"염이야, 같이 가자."

교문을 나와 학교 골목길을 나오는데 뒤에서 미란이가 따라왔다.

"어, 미란아."

소년은 뜻밖에도 자기의 뒤를 따라온 아이가 미란이인 것을 알고 걸음을 멈추었다.

"너 노는 시간에도 나가 놀지 않고 공부를 하더니 우리 반에서 최고 점수를 받았어. 다시 한 번 축하해."

미란이가 손까지 내밀며 축하의 말을 하였다. 소년은 미란이가 새삼스럽게 손까지 내밀며 축하한다고 하니까 몸 둘 바를 몰랐다. 소년이 수줍어서 멈칫거렸다.

"야, 너 악수 안 할 거야? 내 손이 부끄럽다."

미란이가 살짝 눈을 흘기며 소년에게 말했다.

"으응, 그래……."

소년이 얼굴을 붉히며 미란이의 손을 잡았다.

"너 잠깐 나하고 이야기 좀 할 수 있어?"

미란이가 소년을 보고 물었다.

"시간?…… 나 기차 타야 하는데……."

소년이 머뭇거리며 곤란한 표정을 지었다.

"기차 시간? 아, 너 기차 타고 다니지. 다음 기차 시간은 언제야?"

"응, 한 시간 뒤에 있어."

"그럼 한 시간 뒤에 거 타면 안 돼?"

미란이가 꼭 그렇게 해줘 하는 표정으로 소년에게 말했다.

"그러지…… 뭐."

소년이 어쩔 수 없다는 듯이 말했다.

"고마워. 우리 저기 빵집에 들어가자. 내가 너 빵 사줄게."

미란이가 길가에 있는 빵집을 가리켰다.

우정은 깊어만 가고

소식을 몰라 애를 태웠던 누나에게서 소식이 왔다. 방을 얻고 가게를 알아보느라 소식이 늦었다고 했다. 그러면서 조만간 소년을 데리러 오겠다는 말을 했다. 소년은 비로소 안심을 하였다.

소년은 밤을 새워 공부를 하였다. 부족한 산수 공부에 집중하였다. 의붓아버지는 소년이 밤새도록 공부를 하느라 불을 켜놓자 어서 불을 끄고 자라고 성화를 부렸다. 소년을 생각해서가 아니었다. 전기를 많이 써 전기요금이 많이 나온다는 이유에서였다. 소년은 문에다 담요를 걸쳤다. 불빛이 새어 나가지 않도록 하기 위해서였다.

아침에 일어나면 소년은 코피를 흘렸다. 간신히 일어나 기차 시간에 맞춰 정거장에 나갔다. 길을 걸으면서도 책을 손에서 놓지 않았다. 통학 기차에는 사람들이 많이 탔다. 학생들뿐만 아니라 직장인도 많았다. 그래서 자리를 잡을 수가 없었다. 소년은 기차 안에서도 책을 보며 갔다. 그러다가 자기도 모르게 꼬박꼬박 졸았다. 책을 보다가 졸다가 깨다가 하다 보면 어느새 내릴 역이었다.

미란이는 배꽃 중학교에 가겠다고 했다. 그러면서 소년에게 말했다. 중학교에 들어가서도 공부 열심히 하고 서로 친하게 지내자고 했다. 소년은 그러자고 했다. 미란이는 얌전하고, 마음씨도 착하고, 공부도 잘했다. 소년도 미란이와 친하게 지내는 것이 좋았다.

반 아이들 중에 친구다운 친구가 없는 소년으로서는 뒤늦게나마 미란이를 친구로 사귀게 되어 좋았다. 미란이는 틈틈이 소년에게 문제집도 주었다. 입시 예상 문제집이었다. 그리고 문제를 풀다가 모르는 것이 있으면 서로 묻고 가르쳐 주기도 했다.

그런 어느 날이었다. 늦은 수업을 마치고 교실을 나오는 소년에게 미란이가 살며시 다가와 말했다.

"염이야, 오늘 너 우리 집에 안 갈래?"

"응, 너네 집에?"

미란이의 뜻밖의 제의에 소년은 어리둥절하였다. 그래서 한동안 소년은 뭐라고 대답을 하지 못하고 머뭇거렸다. 소년이 곧바로 대답을 안 하자 미란이가 다시 한 번 소년의 팔을 잡아 흔들며 말했다.

"우리 엄마에게도 말했어. 그러니까 아무 걱정 말고 우리 집에 가자, 응?"

"집에 가야 하는데……"

소년이 집에 갈 걱정에 말끝을 맺지 못하였다. 그러나 소년은 말은 그렇게 했지만, 사실 집에 갈 걱정보다는 낯선 집에 간다는 두려움이 먼저 앞섰다. 이제까지 소년은 그 누구로부터 초대를 받아 남의 집에 가 본 적이 없었다. 더군다나 여자 친구의 집은 더욱 그랬다.

"걱정 마. 우리 집에서 나랑 공부하다가 저녁 먹고 집에 가면 되잖아. 기차역도 우리 집에서 가까우니까 금방 갈 수 있어."

미란이가 소년을 안심시켰다. 소년은 내키지는 않았지만 미란이의 간곡한 부탁을 거절할 수가 없었다.

미란이네 집은 신촌역과 가까운 곳에 있었다. 신촌역에서 나오면 오른쪽으로 야트막한 산이 있고, 그 밑으로 한옥이 몇 채 들어서 있었다. 미란이네 집은 그 한옥 가운데 한 집에서 살고 있었다.

"아줌마, 저 왔어요. 문 열어주세요."

미란이가 집에 도착해 대문 앞에서 문을 탕탕 두드리며 문을 열어달라고 하였다. 그러자 잠시 후 집 안에서 아줌마 한 분이 나오더니 문을 열어주었다.

"어서 오세요. 오늘도 공부하느라고 고생하셨죠?"

아줌마가 나이 어린 미란이에게 깍듯하게 존댓말을 쓰며 미란이를 맞았다.

"예, 아줌마. 오늘은 친구도 같이 왔어요. 엄마 집에 계시죠?"

"예, 계세요. 어서 들어가세요."

"알았어요. 염이야, 어서 들어가자."

미란이가 염이를 보고 말했다. 염이는 대문 밖에서부터 주눅이 들었다. 미란이와 자기의 신분 차이가 많이 느껴졌기 때문이었다. 문을 열어주고 미란이에게 깍듯이 존댓말을 한 아줌마는 이 집에서 일을 하는 아줌마인 것 같았다. 그렇다 하더라도 나이 어린 미란이에게 어떻게 존댓말까지 쓴단 말인가. 지금이 조선시대도 아닌데 말이다.

그런 미란이와 자기를 비교해 보면 자기는 너무나 보잘것없고 초라하다는 생각이 들었다. 그런 것들이 소년에게 충격적으로 와 닿으면서 한층 더 소년을 주눅 들게 하였다.

집 안으로 들어가자 안마당에 꽃밭이 꾸며져 있었다. 꽃밭에는 과꽃과 분꽃, 나팔꽃, 국화가 어우러져 피어 집 안 분위기를 한층 더 돋보이게 하였다. 대청마루에 미란이의 어머니로 보이는 분이 한복을 곱게 입고 미란이와 염이를 맞았다.

"엄마, 저 왔어요. 그리고 제가 말한 염이도 같이 왔어요."

"오, 그래. 어서 오너라."

미란이 엄마가 미란이와 염이를 보고 자상하게 말했다.

"아…… 안녕하세요?"

염이가 엉거주춤 미란이 엄마에게 허리를 굽혀 인사를 하였다.

"그래, 네가 공부를 잘한다는 염이로구나. 잘 왔다. 어서 안으로 들어오너라."

미란이 엄마가 염이를 보고 환하게 웃으며 말했다.

"예……."

염이는 미란이를 따라 대청마루로 올라섰다. 집 안은 먼지 하나 없이 정결하고 가재도구들이 잘 정돈되어 있었다.

"자, 여기 잠깐 앉거라."

미란이 엄마가 소파를 가리키며 염이에게 말했다.

"예……."

염이는 미란이 엄마가 가리키는 소파에 살짝 엉덩이를 걸치며 앉았다.

"아줌마, 여기 아이들 먹을 것 좀 내오세요."

미란이 엄마가 주방 쪽을 향해 말했다.

"집이 학교와 멀다는 얘기를 들었다. 기차 타고 통학을 한다는데 힘들지는 않니?"

미란이 엄마가 염이 맞은편에 앉으며 물었다.

"예……."

소년이 얼굴을 붉히며 대답했다.

"그런데도 공부를 잘한다니 네 부모님이 얼마나 좋아하시겠니. 이번 모의고사에서도 네가 1등을 했다고 들었다."

"아이, 엄마. 공부 얘기는 그만하세요. 어휴, 어딜 가나 공부, 공부 지겨워 죽겠어요."

미란이가 얼굴을 찡그리며 말했다.

"얘가 그런데…… 현실이 그런 걸 어떡하니? 아무튼 미란이 너도 더 분발해서 열심히 공부해야 해. 알았지? 이것아."

미란이 엄마가 미란이에게 눈을 흘기며 말했다. 그때 주방에서 아줌마가 과일과 과자, 음료수가 담긴 쟁반을 들고 왔다.

"여기다 놓으세요. 염이야, 이거 먹고 우리 미란이와 놀다가 가거라. 난 잠깐 나갔다 올 데가 있어서 말이야."

말을 하고 미란이 엄마는 자리에서 일어나 안방으로 들어갔다.

"염이야, 어서 먹어."

미란이가 포크에 사과 한 쪽을 찍어 염이에게 내밀었다.

"으응, 알았어."

염이는 미란이가 내민 포크를 받아들었다.

염이는 사과를 먹으며 집 안 내부를 둘러보았다. 그러다가 가족사진이 있는 곳에 눈길이 멎었다. 미란이 아빠와 미란이 엄마 그리고 미란이 셋이서 다정하게 찍은 사진이었다. 그런데 미란이 아빠는 군복을 입고 있었다. 정모를 쓰고 정복을 입은 모습의 미란이 아빠는 계급이 별 둘 소장이었다.

염이는 속으로 적이 놀랐다. 일반 병사들은 많이 보았고, 소위, 중위, 대위 계급의 군인도 보았지만 별을 단 군인은 처음 보았기 때문이었다.

미란이가 염이의 눈길이 가서 멎은 곳을 보고 말했다.

"가족사진이야. 아빠는 군인이셔. 별을 다셨으니까 장군이시지. 아빠는 군인이시지만 얼마나 다정하신지 몰라. 그리고 책도 많이 읽으시는 분이야. 그래서 집에만 오시면 서재에 가셔서 밤늦게까지 책을 보신단다. 너도 언젠가는 우리 아빠를 만나볼 수 있을 거야."

그날 소년은 미란이네 집에서 놀다가 저녁까지 먹고 집으로 돌아왔다.

가을이었다. 논들마다 누렇게 벼들이 여물어 갔다. 아침저녁으로 제법 찬 기운이 도는 바람이 불었다. 텃밭 한 귀퉁이에 피어 있는 과꽃이 찬바람에도 청청하게 피어 있다. 엄마와 누나가 좋아하는 꽃이었다. 소년도 과꽃을 좋아했다. 그러나 과꽃보다는 코스모스와 구절초를 더 좋아했다.

코스모스는 철로 가에 무리지어 피어 있었다. 소년은 기차를 타고 가면서 보는 코스모스가 아주 좋았다. 머리가 무겁고 졸리다가도 코스모스만 보면 머리가 가벼워지는 듯했다. 구절초와 쑥부쟁이는 들판에 나가면 얼마든지 볼 수 있었다. 연보랏빛이 나는 쑥부쟁이와 흰색 또는 연분홍색 구절초를, 소년은 들판에 나가서 일을 하고 돌아오는 길에 꺾어다 병에 꽂아 놓기도 했다.

소년과 미란이의 우정이 점점 더 쌓여 갔다. 그에 따른 소문도 교실에 왁자하게 퍼져 나갔다. 소년이 미란이와 사귄다는 말이었다. 그 말은 아이들 사이에서 서로 둘이 연애한다는 말로 발전하였다. 아이들이 소년과 미란이를 보는 눈이 달랐다. 남자아이들은 노골적으로 소년을 시기했고, 여자아이들은 여자아이들대로 두 아이를 질투했다.

수업이 끝나고 종례를 할 때였다. 담임선생님이 종례를 하면서 소년에게 말했다.

"김 염, 종례 끝나고 교무실로 와라. 이상!"

담임선생님이 출석부를 교탁에 탁 소리가 나게 놓았다. 그러자 반장 석수가 발딱 일어나 차렷 경례를 힘차게 외쳤다. 아이들은 일제히 반장의 구령에 따라 뻣뻣한 자세로 차렷 경례를 하였다.

경례를 받은 선생님이 교실 문을 나가자 아이들이 일제히 소란을 피웠다. 아이들은 유난히도 큰소리를 내며 책상 위에 걸상을 얹었다. 소년 역시 걸상을 책상 위에 올렸다. 그때 미란이가 소년에게 다가와 살짝 쪽지를 내밀었다. 소년은 아이들이 보지 않나 살피며 쪽지를 받아 주머니에 넣었다.

아이들이 삼삼오오 교실을 빠져나갔다. 청소 당번들만 남아 청소를 하기 시작했다. 소년이 교무실로 가기 위해 교실 문을 나오다가 보니 미란이가 소년에게 손을 흔들었다. 미란이는 청소 당번이었다. 소년은 눈으로 미란이에게 알았다는 뜻을 보였다. 교무실로 가는 복도는 수업을 마치고 가려는 아이들과 청소를 하려는 아이들로 북적거렸다. 아이들은 떠들고 소리치고 장난치며 청소를 하였다.

소년은 가슴이 자기도 모르게 두근거렸다. 교무실로 가서 선생님을 보기가 두려웠다. 좋은 일로 소년을 부르지 않았을 것이기 때문이었다. 설령 좋은 일로 불렀다 하더라도 소년은 선생님이 여럿이 계시는 교무실 가기가 꺼려졌다. 왠지 모르게 선생님들 보기가 두렵고 떨렸다.

소년은 교무실 앞에서 한참을 망설거렸다. 그러다가 용기를 내어 교무실 문을 열고 누구랄 것도 없이 허리를 굽혀 인사를 하였다. 그러나 정작 선생님들은 어느 누구도 소년에게 관심을 두지 않았다. 다들 자기 할 일에 바빴고, 어떤 선생님은 학생이 무슨 잘못을 하였는지 학생을 앞에 두고 혼을 내고 있었다.

"선생님……."

소년이 담임선생님 앞에 가서 모깃소리 만하게 선생님을 불렀다. 그러나 선생님은 소년의 말을 들었는지, 못 들었는지 소년을 거들떠보지도 않고 책상 위에 엎드려 뭔가를 적고 있었다. 소년은 다시 한 번 선생님을 부를까 하다 그만두었다. 소년은 가방을 든 채 기다렸다. 그렇게 기다리기를 10분, 20분이 지났다. 나중에는 팔이 아프고 다리가 아파왔다.

소년은 다른 선생님들 보기가 창피하였다. 교무실에 들어와 자기 선생님에게 청소 점검을 받으러 온 아이들이 소년을 힐끗힐끗 쳐다보았다. 그러나 정작 다른 선생님들은 그런 소년에 대해서는 관심도 없었다. 여선생님들은 차를 마시며 간식들을 먹었고, 남선생님들은 이야기를 하거나 불러온 학생들을 야단치고 있었다. 소년은 교무실의 분위기가 너무 숨이 막히고 답답했다. 그리고 왠지 모를 슬픔이 밀려왔다. 자기가 왜 이런 대접을 받아야 하는지 알 수가 없었다. 단지 자기가 학교에서 내라는 돈을 제때 못 내서 이런 부당한 대접을 받아야 한다면 이건 아니라는 생각이 들었다.

"자식, 언제 왔어?"

소년이 슬픈 마음으로 창밖으로 보이는 구름을 보고 있을 때,

그제야 담임선생님이 소년을 보고 야릇한 웃음을 지으며 말했다.

"너, 요즘 살만 하겠다."

"……."

"왜 대답이 없어? 너 요즘 공부 좀 한다고 기가 살아난 모양인데, 그래도 그렇지 아직 여자를 사귀는 건 이르지 않냐?"

"선생님……"

소년이 간신히 입을 떼었으나 다음 말을 잇지 못하였다.

"왜? 뭐 할 말이 있어?"

기분 나쁘다는 투로 선생님이 소년에게 큰소리를 내었다. 큰소리가 나자 다른 선생님들이 모두 담임선생님과 소년을 돌아보았다. 그러나 담임선생님은 아랑곳없이 다시 소년을 몰아세웠다.

"너 정말 그래도 되는 거야? 머리에 피도 안 마른 놈이……."

그러면서 담임선생님이 사랑의 매라고 적힌 막대기를 집어 소년의 배를 꾹꾹 찔렀다. 사랑의 매라고 적힌 막대기는 담임선생님이 사랑하고는 전혀 관계없이 아이들을 무작스럽게 때리는 폭력의 도구에 불과했다.

"선생님, 제가 무엇을 잘못했는지 알려주세요. 그러면 다시는 그러지 않겠습니다."

소년이 울상을 지으며 말했다.

"너 정말 네가 무슨 잘못을 하고 있는지 모른단 말이지. 좋아, 그렇다면 내가 알려주지. 인마, 너 지금 몇 살이야? 그리고 네 처지에 여자애하고 가까이 지낼 처지야?"

담임선생님이 다짜고짜 소년을 몰아세웠다. 소년은 그제야 짐작이 갔다. 담임선생님이 무엇 때문에 소년을 몰아세우는지를.

"선생님, 그건 아니에요. 미란이와 저는 공부를 하기 위해 만나는 거예요."

"공부? 좋지, 공부를 위해 미란이를 만난다? 너 미란이 아빠가 누군지는 알고 있지?"

담임선생님이 느물거리는 목소리로 소년의 배를 막대기로 쿡쿡 찌르며 물었다.

"예, 군인입니다."

소년이 미란이네 집에서 본 가족사진 속의 미란이 아빠를 떠올리며 말했다.

"그래, 바로 맞혔다. 그런데 군인이면 다 군인인 줄 알아? 너 군대에서 별을 단 군인은 어떤 군인인지 알아? 더군다나 미란이 아빠는 투 스타야, 투 스타."

소년은 담임선생님이 말하는 투 스타라는 말이 별 둘을 단 소장이란 말이라는 것을 알았다. 그런데 그게 소년과는 무슨 상관인데 소년을 불러놓고 이런 면박과 수모를 주는지 알 수가 없었다.

"야, 대단한데. 저놈이 투 스타 아빠를 둔 미란이와 사귀는 놈이란 말이지. 허허."

담임선생님의 말을 들은 5학년 선생님이 빈정거리는 투로 말했다.

"그렇다니까요."

"자식 제법이네. 저놈 기성회비도 몇 달씩 못 내서 만날 최 선생한테 혼나던 놈인 거 같던데. 자식, 여자 보는 눈은 높네 그려."

얼굴이 넓적해 아이들로부터 떡판이라는 별명으로 불리는 6학년 4반 선생님이 소년을 빈정거렸다. 네까짓 것이 감히 어떻게 미란이를 사귀느냐 하는 투였다.

소년은 여러 선생님들과 담임선생님으로부터 이루 말할 수 없는 수모와 능멸을 당한 후 한참 만에 교무실에서 나왔다. 그것도 다시는 개인적으로 미란이와 만나지 않겠다는 다짐을 단단히 하고서 말이었다.

교무실을 나온 소년은 발걸음이 허청거렸다. 아이들이 다 돌아간 복도는 썰렁하리만큼 조용했다. 소년은 눈물을 흘리며 운동장으로 나왔다. 몇몇 아이들이 운동장에서 공을 차고 있었다. 소년은 운동장을 가로질러 교문을 나와 정거장으로 향했다.

길을 걸으면서도 소년은 서러워서 계속 눈물을 흘렸다. 흐르는 눈물을 팔뚝으로 닦으며 소년이 막 구름다리를 건너려고 할 때였다. 그때까지 어디 있었는지 미란이가 소년에게 다가와 소년의 팔을 잡았다.

"염이야, 지금까지 널 기다렸어."

미란이가 웃으며 말했다. 그러나 웃는 미란이의 얼굴에는 염려스러운 빛이 가득했다.

소년은 뜻밖에도 미란이가 나타나자 놀랍기도 하고 반갑기도 하였다. 그러면서 자기의 우는 모습을 들킨 것 같아 얼른 팔뚝으로 눈가를 닦고 억지로 웃어보였다.

"집에 가지 않고 지금까지 날 기다린 거야?"

"응, 너 교무실에서 무슨 일 있었지? 선생님이 뭐라 그러셨어?"

미란이가 소년에게 물었다.

"아냐, 별일 없었어. 빨리 가자."

소년이 얼버무리며 앞장 서 걸었다. 그러자 미란이도 더 이상 소년에게 묻지를 못하고 소년의 뒤를 따라 걸음을 재촉했다.

교무실에 가서 선생님으로부터 말로 다 할 수 없는 수모를 겪은 후부터 소년은 미란이를 의식적으로 멀리하기 시작했다. 교실에서도 미란이가 있는 방향은 일부러 보지 않았다. 쉬는 시간에도 미란이의 눈길을 피하느라 책상에 머리를 처박고 책만 보았다. 소년의 급작스런 행동에 미란이는 당황하는 것 같았다.

소년 역시 마음이 아팠다. 소년은 학교에 나오는 것이 하루하루가 곤욕이었다. 담임선생님이나 반 아이들 누구도 보고 싶지가 않았다. 어서 하루속히 학교를 졸업했으면 하였다. 소년은 하루 종일 말 한 마디 없이 공부에만 몰입했다.

그런 어느 날이었다. 종례 시간이 끝나고 소년이 교실을 나가려는데 미란이가 슬쩍 쪽지를 소년의 손에 쥐어주었다. 그러고는 미란이는 뒤도 돌아보지 않고 앞서 총총히 사라졌다. 소년은 누가 볼세라 미란이가 준 쪽지를 손에 꼭 쥐고 화장실로 급히 달려갔다. 그리고 화장실에서 쪽지를 펴 보았다.

염이야. 네가 무엇 때문에 나를 피하는지 알고 있어.

처음에는 그러는 널 이해하지 못하고 서운하게 생각했어.

그런데 나중에서야 네가 왜 그러는지를 알게 되었어.

염이야, 이 쪽지 받는 대로 지난번 너와 내가 만났던 빵집으로 와.

내가 가서 먼저 기다리고 있을게.

꼭 와야 해.

미란.

소년은 쪽지를 한참이나 들여다보았다. 쪽지에 미란이의 얼굴이 겹쳐 보였다. 소년은 망설였다. 가야 할 것인가, 말아야 할 것인가를 두고 마음속에서 갈등이 일었다. 생각 같아서는 당장 미란이가 기다리고 있을 빵집으로 달려가고 싶었다. 그러나 그 순간, 무서운 담임선생님의 얼굴이 떠올랐다. 담임선생님은 이 세상에 누구보다도 무서운 존재였다.

소년은 화장실을 나왔다. 미란이에게는 정말 미안하였지만 미란이를 만나지 말고 정거장으로 가자고 작정하였다. 그렇게 생각하자 가슴이 미어졌다. 또다시 눈물이 자기도 모르게 솟구쳤다. 소년은 흐르는 눈물을 팔소매로 훔쳤다.

소년은 터벅터벅 힘없는 발걸음으로 정거장을 향하여 발을 내딛었다. 미란이가 기다리고 있는 빵집도 정거장 가는 길에 있었다. 소년은 빵집에 가까이 오자 조심스럽게 유리벽을 통해 미란이가 있나 없나를 살펴보았다. 미란이가 탁자 위에 물컵을 놓고 소년을 기다리고 있었다. 그걸 보자 소년은 또다시 마음에서 갈등이 일었다. 미란이를 보고 가야 한다와 그냥 가자 하는 마음이 서로 충돌을 하였다.

저렇게 미란이가 기다리는데 그냥 간다면 미란이는 얼마나 서운해 할까. 아마 두 번 다시는 소년을 안 보려 할지도 몰랐다. 그러나 한편으로는 담임선생님의 무서운 얼굴과 선생님과 두 번 다시 미란이와 개인적으로 만나지 않겠다고 한 다짐과 약속이 생각났다. 소년은 어렵게 발길을 돌렸다.

가을이 되어 시골은 정신없이 바빴다. 밭에서 거두어들여야 할 곡식도 많았다. 소년은 일요일이 되어 밭으로 엄마하고 들깨를 베러 갔다. 들깨밭에 들어서자 들깨 냄새가 코를 찔렀다. 소년은 밭의 한 귀퉁이에서부터 들깨 대를 베기 시작했다. 들깨 대는 조심스럽게 베어야 했다. 들깨가 그대로 쏟아지기 때문이었다.

"염이야, 낫질 조심해라. 잘못하다 손 벨라."

엄마가 소년에게 주의를 주었다.

"예, 걱정 마세요."

소년이 대답을 하고 조심스럽게 들깨 대를 베기 시작했다. 엄마도 소년 옆에서 들깨 대를 베었다. 들깨 대를 베어 묶어 세워 놓았다가 나중에 어느 정도 마른 다음에 들깨를 털었다. 그러면 엄마는 들깨를 가지고 장에 있는 기름집에서 들기름을 짜 오실 것이다. 노란 들기름의 고소한 맛이란 안 먹어본 사람은 몰랐다.

막 짜 온 들기름으로 밥을 비벼 먹으면 그 맛은 정말 환상이었다. 소년은 들기름으로 밥을 비벼 먹는 것을 좋아했다. 그리고 엄마가 들기름을 넣고 김치찌개를 해 주는 것도 정말 좋아하였다. 오히려 소년은 참기름보다 들기름을 더 좋아했다. 들깨는 그야말로 버릴 것이 하나 없었다. 들깻잎은 잎대로 쓰였다. 쌈도 싸먹고, 나물도 해 먹고, 장아찌도 만들어 먹었다. 그리고 나중에는 들깨가 여물면 들깨를 가지고 들기름도 짰다.

반나절 넘을 때쯤 해서 들깨 대를 다 베었다. 소년의 이마에 땀방울이 송골송골 맺혔다. 엄마가 머리에 쓰고 있던 수건을 벗어 소년에게 내밀었다.

"여기 수건 있다. 땀 좀 닦아라. 어이구, 허리가 아프구나. 좀 쉬었다가 들깨 단을 묶어야겠다."

엄마가 베어 놓은 들깨 대 위에 앉았다. 소년은 엄마가 건네준 수건으로 얼굴을 닦았다.

소년은 일요일 하루 종일 엄마와 밭에서 일을 했다. 들깨 대를 베서 묶고 나서는 콩을 베었다. 일을 마치니 저녁노을이 붉게 서쪽 하늘을 물들였다. 몸은 고되었지만 열심히 일을 했다는 자부심으로 마음이 뿌듯했다.

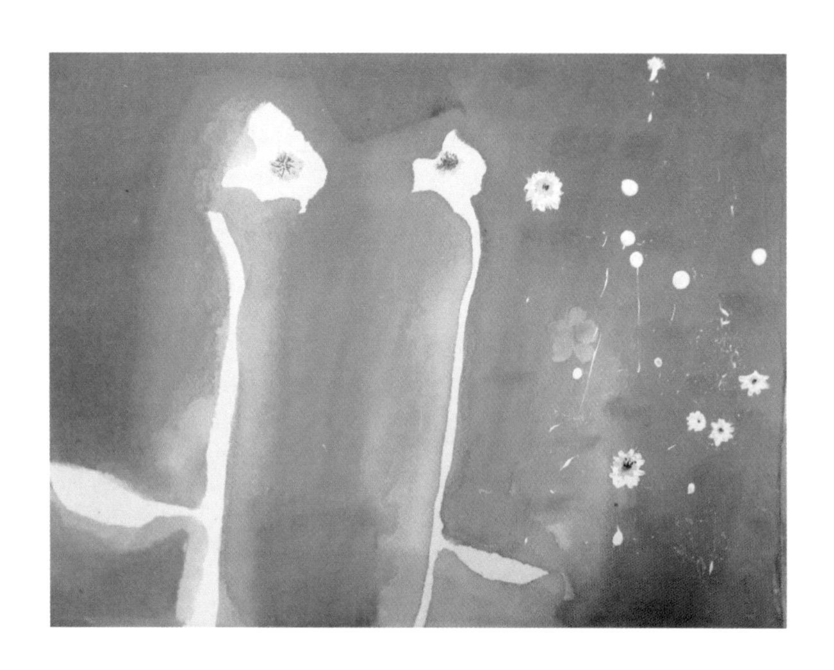

다시금 서울로 올라가다

교실 분위기는 여전히 숨이 막혔다. 반 아이들 모두가 입시를 앞두고 긴장으로 마음의 여유가 없었다. 아이들의 관심은 오로지 시험에만 가 있었다. 공부를 하는 아이들이나 공부를 하지 않는 아이들이나 긴장하기는 모두 마찬가지였다. 일찌감치 공부를 포기한 아이들은 긴장을 덜 하는 것 같았으나, 그 아이들마저도 공부를 하는 아이들의 분위기에 눌려 교실에서 함부로 떠들거나 장난을 치지 못하였다.

설령 떠들거나 장난을 친다 하더라도 담임선생님이 그걸 용납하지 않았다. 담임선생님은 분단을 가를 때 공부를 잘하는 아이들과 못하는 아이들을 구분하여 분단을 나누었다. 반에서 제일 공부를 잘하는, 소위 말해 1등급 아이들은 맨 가운데 줄에 앉히고, 그리고 그 다음 2등급 아이들은 1등급 아이들이 앉는 양 옆줄에 앉혔다. 공부를 못하거나 말썽을 피우는 아이들, 학교에 낼 돈을 제대로 못 내는 아이들은 3등급으로 몰아서 복도 쪽 창가 줄로 배정하였다. 이렇게 구분을 하여 분단을 정하다 보니 공부를 한다 하는 애들은 아예 복도 쪽 아이들하고는 상대도 하지 않았다.

담임선생님은 공부로 또는 잘살고 못사는 것으로 아이들을 등급으로 구분하여 놓은 것이었다. 그래서 같은 반 급우라 할지라도 엄연히 등급이 구분되어 서로가 서로를 닭 보듯 하였다. 특히 복도 쪽 줄에 앉은 아이들은 주눅이 들어 가운데 줄에 앉은 아이들하고는 말 한 마디 하지 않았다. 아니, 말을 안 하는 것이 아니라 못하는 것이었다.

소년 역시 전에는 복도 쪽 줄에 앉았다. 그러나 공부를 잘하여 점수가 높아지자 자리를 바꿔주었다. 담임선생님도 소년을 복도 쪽 줄에 앉힐 명분이 서지 않은 것이다. 아이들도 보는 눈이 있고 생각하는 것이 있으니 그럴 수밖에 없지 않았나 싶다.

미란이는 소년이 자기와의 약속을 어긴 일에 대해 전혀 반응이 없었다. 소년은 미란이에게 큰 죄를 지은 것 같아 처음 며칠 동안은 안절부절못하였다. 교실에 들어가서도 미란이가 있는 쪽은 차마 바라보지를 못하였다. 소년은 정말 마음이 불편했다. 미란이가 자기를 오해하면 어쩌나 하는 생각으로 괴로웠다.

그렇게 혼자서 마음고생을 하며 괴로운 나날을 보내던 어느 날이었다. 4교시 수업이 끝나는 종이 울렸다. 그런데 종소리가 끝나자마자 교실 문이 열리며 미란이 엄마가 교실로 들어왔다. 아이들은 종이 울리자 도시락을 꺼내고 화장실을 가느라 여간 소란스럽지가 않았다. 그런 소란스런 가운데 미란이 엄마가 교실로 들어온 것이다.

담임선생님은 가방에서 도시락을 꺼내다 말고 미란이 엄마가 교실로 들어오자 정색을 하고 의자에서 일어났다.

"어이구, 미란이 어머니께서 어쩐 일이십니까? 어서 오십시오."

담임선생님이 허리를 굽실거리며 미란이 엄마를 맞이했다.

"선생님, 안녕하셨어요? 연락도 없이 이렇게 불쑥 찾아와서 죄송합니다. 지금 점심시간이신 거 같은데, 나가시죠. 제가 가까운 곳에서 점심을 대접하겠습니다."

미란이 엄마가 선생님에게 말했다.

소년은 미란이 엄마가 교실에 들어서는 순간 가슴이 철렁했다. 그래서 소년은 얼굴을 붉힌 채 고개를 들지 못하고 아래만 보고 있었다. 물론 점심도시락은 먹을 생각도 못했다. 아이들은 서로 떠들고 이야기를 나누면서 도시락을 먹기에 정신이 없었다. 미란이는 엄마가 교실에 들어오자 살짝 얼굴이 붉어지면서 자기 자리에 그대로 앉아 있었다.

"어서 가시죠. 선생님께 드릴 말씀도 있고요."

사양을 하는 선생님에게 미란이 엄마가 권유했다.

"어이구, 이거 번번이 미란이 어머니에게 폐를 끼치는 거 같아서 말입니다."

담임선생님이 허리를 연신 굽실거리며 말했다.

"폐는 무슨 폐입니까. 그런 말씀 마시고 어서 나가시죠."

"예, 그럼……."

담임선생님이 못 이기는 체하고 따라나섰다. 미란이 엄마가 교실을 나가다가 소년을 보고 소년이 있는 자리로 왔다.

"염이야, 오랜만이구나. 공부는 여전히 잘하고 있지?"

미란이 엄마가 소년에게 다가와 살갑게 말했다. 소년은 그런 미란이 엄마를 보고 얼굴이 빨개지며 엉거주춤 걸상에서 일어나 미란이 엄마에게 인사를 했다.

"안녕하셨어요?"

"그래, 잘 있었지? 공부 열심히 해라. 그럼 다음에 또 보자."

미란이 엄마가 소년에게 따뜻한 말 한 마디를 하고 교실을 나갔다. 그러자 지금까지 조용히 자기 자리에 앉아 있던 미란이가 엄마 뒤를 따라 조용히 교실을 나갔다.

소년네 논에 벼를 베는 날이었다. 일요일이라 소년은 일을 거들러 논에 나갔다. 벼는 마을 사람들이 품앗이로 베었다. 서로 돌아가면서 벼를 베는 것이었다. 벼를 베어 놓고 사흘쯤 뒤에 벤 벼를 뒤집어 주었다. 그래야 골고루 벼가 마르기 때문이었다. 그런 다음 또 사흘쯤 뒤에 벼를 묶었다. 그러고서 묶은 벼로 볏가리를 만들어 논에 쌓아두었다가 경운기로 실어 날랐다. 경운기가 없는 경우는 소가 끄는 달구지를 이용하기도 했다.

마을 사람들은 줄을 맞춰 벼를 베어 나갔다. 시간이 지날수록 벤 부분이 넓어졌다. 마치 그 부분이 깎은 머리처럼 훤했다. 소년은 기를 쓰며 벼를 베도 어른들과 줄을 맞춰 베어 나갈 수가 없었다. 어른들의 벼 베는 솜씨를 따를 수가 없었다. 그래서 소년은 어른들이 벼를 베기 좋도록 논 가장자리에 있는 벼를 베어 논둑에 가지런히 놓았다.

벼를 벨 때마다 메뚜기들이 팔짝팔짝 뛰어 달아났다. 메뚜기도 여름내 살을 불리어 살이 통통하게 올랐다. 몸 색깔도 보호색을 띠어 누렇게 변했다. 소년은 틈틈이 메뚜기를 잡아서 강아지풀을 뽑아 아가미를 꿰어 모았다. 집에 가서 볶아 먹으면 고소하고 맛있었다.

가을걷이를 다 끝내면 소년은 서울로 올라갈 것이었다. 누나가 어제 저녁 집에 왔다. 일손이 모자라는 엄마를 돕기 위해서였다. 어제 저녁 누나가 엄마에게 말했다.

"가을걷이가 끝나는 대로 염이를 데리고 갈게요. 엄마는 저와 염이 걱정하지 마세요."

누나의 말에 엄마는 큰 걱정을 더신 듯이 말했다.

"네가 누나 노릇을 톡톡히 하는구나. 염이나 나나 걱정을 많이 했다. 염이가 저리도 공부를 열심히 하는데 중학교 입학을 시키지 못하면 어떻게 하나 해서 말이다. 아무튼 네가 염이 잘 보살펴 주고 네 일도 잘 하거라. 나도 틈틈이 올라가 볼란다."

엄마가 누나에게 간곡하게 당부를 하였다.

소년네 일곱 마지기 논의 벼는 금세 베었다. 어른들은 점심을 먹고 다른 논으로 벼를 베러 갔다. 밥을 논으로 내온 엄마와 누나 그리고 소년은 어른들이 떠나자 메뚜기를 잡았다. 잡은 메뚜기를 주전자에 넣었다.

다음 날 누나는 서울로 올라갔다. 소년은 얼마간 더 있다 올라가기로 했다. 소년은 집에 있는 동안 부지런히 집안일을 거들었다. 베어 놓은 벼를 묶고 집으로 들였다. 벼 타작은 한참 더 있다 할 것이었다. 논일이 끝나면 가을일은 거의 끝난 셈이다. 밭일은 엄마와 의붓아버지가 해도 충분히 할 수 있었다.

담임선생님의 태도가 180도로 바뀌었다. 미란이 엄마가 학교를 찾아온 이후였다. 소년을 대하는 태도에 있어 예전처럼 무시하는 말이나 행동을 하지 않았다. 미란이 엄마가 선생님에게 무슨 말을 하고 부탁을 하였는지는 모르나, 담임선생님의 행동이 바뀐 것이었다.

소년은 그렇게 된 까닭이 궁금하였지만 아무튼 숨통이 트이는 것 같았다. 그러나 마음 한쪽으론 불안하기도 했다. 언제 어떻게 담임선생님의 태도가 바뀔 줄 몰라서였다. 그러나 그렇다 하더라도 이제 몇 달만 참으면 담임선생님 볼 날이 없었다. 곧 방학이 찾아올 테고 방학이 끝나면 졸업이었다.

담임선생님이 소년을 대하는 태도가 달라지자 반 아이들도 소년을 대하는 태도가 달라졌다. 아이들은 전처럼 소년을 대하지 않았다. 소년이 비록 가난하여 학교에 낼 돈은 밀리지만, 공부만은 누구에게도 뒤지지 않고 앞서가기 때문이기도 하였다.

미란이와의 관계도 전처럼 회복이 되었다. 소년은 학교가 끝나면 전처럼 미란이네 집으로 가서 공부를 하였다. 미란이 엄마는 소년이 오면 반갑게 맞아주었다. 공부를 하는 소년과 미란이에게 시시때때로 맛있는 간식을 내주고, 관심을 갖고 두 아이를 돌보아 주었다.

소년과 미란이는 책상을 가운데 놓고 공부를 하였다. 문제를 서로 내고 답하였다. 그러다보니 암기 과목은 거의 백점을 맞았다. 산수 역시 서로 풀고 답을 맞혀보고, 모르는 문제는 서로 가르쳐주다 보니 못 푸는 문제가 없었다. 이렇게 공부를 하자 이들은 모르는 답이 없었고, 못 푸는 문제가 없었다.

소년과 미란이는 공부하는 틈틈이 책도 읽었다. 미란이네 집에는 책이 많았다. 소년은 미란이가 읽은 동화책과 동시집도 읽었고, 심훈의 상록수나 김소월의 진달래꽃 등 읽고 싶은 책들을 빌려 갔다. 그런데 그렇게 자주 미란이네 집을 드나들었건만 정작 미란이네 아빠는 한 번도 본 적이 없었다.

물론 미란이 아빠가 워낙 바빠서 만나볼 기회가 없다고 하지만, 소년은 사진으로만 보던 미란이 아빠를 한번 보고 싶었다. 그런데 그런 소년의 바람이 어느 날 이루어지게 되었다. 그날도 소년과 미란이는 수업을 마치고 같이 미란이네 집으로 갔다. 그런데 미란이네 집 앞에 웬 검은 세단이 한 대 세워져 있었다. 미란이가 그걸 보고 반갑게 말했다.

"아빠 차다! 이상하네. 이 시간에 아빠가 무슨 일로 다 오셨지? 염이야, 빨리 가자."

미란이가 소년에게 말하고 차 있는 곳으로 서둘러 갔다. 소년도 미란이를 따라 걸음을 재촉하였다. 소년이 차가 있는 곳으로 다가가 보니 차 앞면 번호판 자리에 별 두 개가 떡 하니 자리 잡고 있었다. 그리고 운전석에는 병장 계급을 단 군인이 앉아 있고, 옆 자리에는 대위 계급을 단 군인도 앉아 있었다.

미란이는 군인을 아는지 인사를 하였다.

"아저씨, 안녕하세요?"

미란이가 인사를 하자 운전석 옆에 앉아 있던 대위 계급장을 단 군인이 차에서 내리더니 미란이에게 반갑게 인사를 하였다.

"미란이 학교에서 지금 오는구나."

"예, 지금 끝나서 오는 거예요."

"미란아, 안녕."

운전석에 앉아 있던 병장 계급을 단 군인도 미란이에게 손을 들어 인사를 하였다.

"아저씨, 안녕. 그런데 부관 아저씨, 아빠가 이 시간에 집에는 웬일이세요?"

"응, 아빠가 갑자기 일이 있어 며칠 지방으로 출장을 가실 것 같아. 그래서 잠깐 집에 들렀다 가시려고 오신 거야. 그런데 미란아, 저 애는 누구냐?"

부관이란 군인이 소년을 돌아보며 미란이에게 물었다.

"아, 염이요. 내 친구예요. 같이 공부하려고 집에 왔어요. 염이야, 우리 아빠 부관 아저씨야. 그리고 저 아저씨는 운전병이시고."

미란이가 두 군인을 염이에게 소개하였다.

"안녕하세요?"

미란이의 말에 소년은 누구랄 것도 없이 두 군인에게 인사를 하였다.

"반갑다. 난 박명식 대위라고 하는데, 넌 이름이 뭐니?"

부관이란 군인이 소년에게 손을 내밀며 이름을 물었다. 그러자 소년은 부관이 내민 손을 잡으며 대답했다.

"김 염이라고 합니다."

"아저씨, 염이는 우리 반에서 공부를 제일 잘해요."

미란이가 악수를 나누는 부관에게 자랑스럽게 말했다.

"그래, 그럼 미란이 친구 정도 되려면 그 정도는 돼야지."

부관이 당연하다는 듯이 말했다. 그때 운전병이 집에서 나오는 미란이 아빠를 보고 부관에게 말했다.

"부관 장교님, 사단장님 나오십니다."

운전병의 말에 부관은 하던 행동을 멈추고 부동자세로 미란이 아빠가 차에 타기를 기다렸다. 운전병은 그 사이 차에 시동을 걸었다.

"아빠, 언제 오셨어요?"

미란이가 아빠를 보며 물었다.

"미란이로구나. 조금 전에 왔다. 아빠가 며칠 집에 못 들어올 것 같아서 집에 들렀지. 챙겨 갈 것도 있고 해서 말이야."

미란이 아빠가 다정하게 미란이에게 말했다.

소년은 미란이 아빠를 보고 입이 딱 벌어졌다. 정복과 정모를 쓴 미란이 아빠는 정말 사진에서 본 것보다 더 멋있었다. 모자챙에는 금색 잎사귀가 수놓아져 있고, 가슴에는 장군 신분을 나타내는 흉장이, 어깨에는 별 두 개가 번쩍거렸다.

일단 옷차림만 봐도 장군의 권위와 위용이 느껴졌다. 소년은 미란이 아빠를 보자 어찌할 바를 몰랐다. 괜히 가슴도 설레고 두렵기도 하였다.

"염이야, 우리 아빠셔. 인사 드려."

미란이가 소년을 보고 말했다. 미란이 엄마도 미란이 아빠를 배웅하기 위해 밖으로 나오시다가 소년을 보고 환하게 웃었다.

"아…… 안녕하세요?"

소년이 당황한 모습으로 미란이 아빠에게 인사를 하였다. 그러자 미란이 아빠가 소년을 보고 활짝 웃으며 반갑게 말했다.

"네가 염이로구나. 너에 대해서는 우리 미란이로부터 많이 들었다. 공부도 잘하고 아주 착하다고 말이야. 앞으로도 우리 미란이하고 잘 지내고 서로 도와가며 열심히 공부해라. 그럼 나중에 또 보자."

미란이 아빠가 소년의 어깨를 가볍게 툭툭 치고 나서 차에 올랐다. 미란이 아빠가 차에 오르자 차는 이내 떠났다. 소년은 방금 전 미란이 아빠를 본 것이 꿈만 같았다. 미란이 아빠 이전에 별 둘을 단 군인을 보다니. 소년은 그 일 하나만으로도 가슴이 벅차오르고 감격스러웠다.

드디어 소년이 집을 떠날 날이 왔다. 엄마는 이것저것 밑반찬을 챙겼다. 깻잎장아찌와 무말랭이무침, 짠지무침, 고춧잎장아찌, 된장, 고추장을 쌌다. 소년은 책과 당장 입을 옷을 가방에 담았다. 이것저것 싸다가 보니 짐이 제법 많았다.

"가자, 내가 정거장까지 이어다 주마."

엄마가 짐을 머리에 이며 말했다. 소년과 엄마가 짐을 싸는 동안 의붓아버지는 묵묵히 툇마루에 앉아 담배만 뻐끔뻐끔 피우고 있었다. 소년이 얼른 외양간으로 갔다. 소년이 키우던 소와 작별을 하기 위해서였다.

"잘 있어라. 일요일이 되면 올게."

소년이 소의 머리를 쓸며 나직하게 말했다. 소는 커다란 눈을 끔뻑이며 아무 생각 없는 표정으로 되새김질만 하였다. 소년이 하는 말을 듣는 건지, 못 알아듣는 건지 알 수가 없었다. 소년은 옆의 돼지우리에도 갔다. 돼지들은 바닥에 널브러져 코를 벌름거리며 자고 있었다.

"돼지들아, 너희들도 잘 있어. 건강하게 잘 커라."

가축들에게 작별인사를 마친 소년은 마당으로 나왔다. 소년은 의붓아버지에게 다가갔다.

"안녕히 계세요."

소년이 머리를 숙여 인사를 했다. 의붓아버지는 소년을 힐끔 보더니 '큼큼' 헛기침을 하였다. 그러고는 소년에게 마지못해 한 마디 했다.

"잘 가거라."

소년과 엄마는 정거장으로 향했다. 마을을 벗어나 동산 모퉁이에 이르자 소년은 걸음을 멈추고 뒤를 돌아보았다. 마음만 먹으면 언제든지 올 수 있는 집이지만 막상 집을 떠나려니 서운한 생각이 들었다. 엄마가 그런 소년의 마음을 알았는지 소년에게 말했다.

"집을 떠나려니 서운하지? 집 생각하지 말고 마음 독하게 먹고 열심히 공부해야 해. 네 누나가 앞으로 네 뒷받침을 하기로 했으니 아무 걱정 말고 공부만 하거라. 엄만 너만 믿고 산다. 어서 가자. 기차 시간 늦겠다."

엄마가 소년을 보고 당부의 말을 했다. 소년은 엄마의 말을 들으며 걸음을 재촉하였다. 한참 동안 두 사람은 말없이 걷기만 하였다. 소년은 엄마와 보조를 맞춰 걸었다.

"염이야, 너와 친하게 지낸다는 미란이와는 요즘도 잘 지내고 있지? 참으로 고마운 아이로구나. 그 집 부모님도 고맙고 말이야. 언제 기회가 된다면 엄마가 미란이 부모님에게 고맙다는 인사를 하고 싶구나."

엄마가 소년에게 말했다. 엄마도 소년이 미란이와 친하게 지낸다는 것을 알고 있었다. 또한 미란이 엄마와 아빠도 소년에게 관심을 가지고 자기 딸 미란이를 대하듯 잘 대해주고 있다는 것도 말이었다.

"항상 미란이네 집에 가서도 예의 바르게 행동하고 미란이와 다투지 말고 지내야 해. 다툴 일이 있으면 네가 양보를 하고 말이야. 알았지?"

엄마가 소년을 돌아보고 강조하듯 말했다.

"예."

소년이 대답했다.

"그럼, 그래야지."

소년의 대답에 만족한 듯 엄마가 웃음을 지었다. 서로 이야기를 주고받고 하다 보니 어느새 간이역에 도착했다. 오후의 간이역은 기차를 타려는 사람이 없어 한산했다. 소년이 사계절 내내 거르지 않고 기차를 타던 역이었다. 화단 한 구석에 돌보지 않은 과꽃이 팽개쳐져 있었다. 소년은 그런 과꽃을 한참 들여다보았다. 그러다가 몸을 돌려 엄마에게 말했다.

"엄마, 이제 돌아가세요."

"괜찮다. 기차가 오는 것을 보고 갈 테니 염려하지 말거라. 그리고 염이야, 이건 간직했다가 꼭 필요할 때 쓰고."

엄마가 부스럭부스럭 고쟁이 속주머니에서 지폐 몇 장을 꺼내 소년에게 내밀었다.

"괜찮아요, 엄마. 저 돈 필요 없어요."

소년이 사양을 했다.

"아니다. 사람은 애나 어른이나 돈이 있어야지, 수중에 한 푼도 없으면 기운이 빠진다. 잘 가지고 있다가 필요할 때 쓰거라."

엄마가 소년의 손에 돈을 쥐어주었다. 소년은 더 이상 사양하지 않고 돈을 받아 주머니에 넣었다. 그때 멀리서 기적 소리가 들려왔다.

"기차가 오나 보다."

엄마가 기적 소리가 나는 방향을 바라보며 짐을 챙겼다. 소년도 가방을 메었다.

"엄마 말 명심하고, 누나 말 잘 듣고, 공부 열심히 해야 한다."

엄마가 소년을 돌아보며 다시 한 번 간곡히 당부했다.

"예……."

소년의 대답에 힘이 없었다. 이제 머잖아 엄마와 헤어져야 한다는 사실이 실감되었기에 자연히 대답에 힘이 없었다. 그 사이 기차가 플랫폼에 들어섰다. 내리는 사람만 세 사람 있을 뿐 타는 사람은 소년뿐이었다.

"잘 가거라."

엄마가 아쉬운 표정을 지으며 말했다.

"예, 엄마 안녕히 계세요."

소년이 엄마에게 작별인사를 하였다.

"오냐, 어서 기차에 타거라. 엄마 말 명심하고, 알았지?"

"예, 알았어요. 엄마……"

소년이 기차의 난간에 한쪽 발을 올리며 대답했다. 그러자 기차가 기다렸다는 듯이 기적 소리를 내며 서서히 움직이기 시작했다. 소년은 엄마와의 작별이 아쉬워 객실 안으로 들어가지 않고 차량 손잡이를 잡고 서 있었다.

"어서 안으로 들어가."

엄마가 손을 저으며 말했다.

"알았어요. 엄마, 어서 가세요."

소년이 울먹이며 말했다.

"내 걱정 말고 어서 안으로 들어가."

엄마가 기차를 따라오며 말했다. 기차는 기적 소리를 힘차게 내며 속력을 높이기 시작했다. 엄마와의 거리가 점점 멀어져 갔다.

"엄마! 안녕히 계세요!"

소년이 손을 흔들며 크게 소리쳤다. 소년의 외침에 엄마는 빠른 걸음으로 기차를 쫓아오며 손을 흔들었다.

"오냐, 잘 가거라."

엄마의 목소리가 기적 소리에 묻혀 들릴 듯 말 듯 소년의 귓가에 들려왔다.

작가의 말

사람의 삶의 목표와 최고의 가치는 행복하게 사는 것일 겁니다.

사람치고 행복하게 살고자 하지 않는 사람은 없습니다.

이 다음에 어른이 되어 행복하게 살고자 우리는 공부도 하는 것입니다.

여러분들이 학교 공부도 모자라 학원에 가서 늦은 밤까지 공부를 하는 것도 결국은 행복을 얻고자 함입니다.

독일의 시인이며 소설가인 헤르만 헤세는 이런 말을 했습니다.

"인생에 주어진 의무는
다른 아무것도 없다네.
그저 행복하라는 한 가지 의무뿐.
우리는 행복하기 위해 세상에 왔지."

그렇습니다. 사람으로 태어난 이상 누구나 행복하게 살아야 합니다. 그러나 누가 여러분에게 "행복하게 살고 있느냐" 하고 물어보면 과연 여러분들은 자신 있게 "행복하게 살고 있다"고 말할 수 있습니까?

행복하다고 말하기에는 여러분 앞에 놓인 현실의 벽이 너무 벅차고 힘들지 않습니까?

숨 막힐 듯 빽빽한 학교 수업. 그것도 모자라 늦은 밤까지 학원 수업 그리고 시험과 경쟁.

정말 사는 것이 사는 것 같지 않습니다.

미래에 대한 자유로운 꿈을 꾸고 여유롭게 친구도 만나고 책도 읽고 음악도 듣고 여행도 다닐 수 있으면 얼마나 좋을까요.

오늘이나 내일이나 만날 똑같이 입시지옥에 갇혀 교과서에만 묻혀 지내는 것이 끔찍하기만 합니다. 숨이 막힐 지경입니다.

이 작품의 배경이 되는 60년대와 70년대는 그나마 오늘날보다는 여유가 있었습니다. 물론 당시에도 입시가 있었고 경쟁이 있었습니다. 사람 사는 사회에서 시험과 경쟁이 없을 수는 없겠지요. 그러나 지금처럼 치열하지는 않았습니다.

이 작품에 나오는 주인공 염이는 어려운 가정환경 속에서 의붓아버지로부터 온갖 구박을 받으며 생활하는 소년입니다. 그러나 이 소년은 그런 환경 속에서도 소년다운 순수성을 잃지 않고 열심히 노력하는 소년입니다.

주위 사람들의 무관심과 가난 그리고 학교 급우들의 차별과 선생님의 폭력. 이런 것들로 소년은 마음의 상처를 입습니다. 그러나 그런 가난과 무관심, 차별과 폭력도 소년이 지닌 순수성을 훼손하지는 못합니다. 그렇다면 무엇이, 무슨 힘이 그러한 고난으로부터 소년을 지켜주었을까요?

그것은 소년의 참다운 친구가 되어준 여자 친구 미란이와의 우정과, 소년이 본래 지니고 있던 아주 미미하고 힘없는 것들을 사랑하는 마음이 아니었을까요?

그렇습니다. 참다운 친구는 큰 힘이 됩니다. 그리고 사랑하는 마음을 지닌 것은 더 큰 힘이 될 수 있습니다. 사랑하는 마음만 있으면 어떤 어려움도 이겨낼 수 있습니다. 그리고 그런 마음이 있는 사람은 행복한 사람입니다.

여러분들도 주위에 좋은 친구를 많이 두시기 바랍니다. 그리고 사랑하는 마음을 가지세요. 그러면 여러분의 삶이 한층 여유롭고 풍성해질 것입니다. 무엇보다 행복으로 가는 지름길을 찾게 될 것입니다.

끝으로 이 작품이 여러분들에게 작으나마 위로가 되고 힘이 된다면 더 바랄 것이 없겠습니다. 그리고 이 작품이 한 권의 책으로 엮여 나오기까지 애써주신 어문학사의 관계자 분들께 진심으로 고마운 마음을 전합니다.

2010년 11월

고양 한뫼골에서,

김종일

소년소설
내 마음의 꽃밭

초판 1쇄 발행일 2010년 10월 25일

지은이 김종일
그린이 이목일
펴낸이 박영희

인지는 저자와의 합의하에 생략함

책임편집 강지영
편집 이은혜·이선희·김미선
표지 강지영

펴낸곳 도서출판 어문학사
132-891 서울특별시 도봉구 쌍문동 525-13
전화: 02-998-0094/편집부: 02-998-2267
홈페이지: www.amhbook.com
e-mail: am@amhbook.com
등록: 2004년 4월 6일 제7-276호

ISBN 978-89-6184-156-6 43810
정가 10,000원

※잘못 만들어진 책은 교환해 드립니다.

이 도서의 국립중앙도서관 출판시도서목록(CIP)은
e-CIP홈페이지(http://www.nl.go.kr/ecip)에서 이용하실 수 있습니다.
(CIP제어번호 : CIP2010003706)